雄(おす)の花園(はなぞの)～オーナーはホスト達(たち)に体(からだ)で愛(あい)をわからせられ

西野
HANA

イ

國沢
TOMO KUNISAWA

CONTENTS

藤澤智祐は、自分の人生で多分、今が一番最悪の時ではないかと思っていた。

（せっかく公務員になったのに）

智祐はとにかく安定性の高い職業につきたかった。これは子供の頃からそう思っていた。主に家庭環境のせいだ。真面目に勉強をし、試験を受けて合格した。念願の都庁勤務になったはいいが、三年も勤めた頃、智祐はパワハラとセクハラに悩まされていた。

きっかけは同じ部署の女性職員が、謂れのない理由で上司に詰められていたのを庇った時からだった。その時からターゲットが智祐に変わった。そして今度は別の女性上司から、終業後にしつこく食事に誘われたり、遠くから意味深な目線を送ってこられるようになった。コンプライアンスも何もあったものではない。

「藤澤、お前ちょっと痩せた？」

隣のデスクの同僚がそんなふうに言ってきた。智祐は深いため息をつきながら「そうかもしれない」と答える。

「災難だよなあ。小島課長に目をつけられたの」

そう言いつつも、彼の口調には親身な響きは感じられなかった。

「おまけに加藤主任にも付き纏われてんだろ？」

智祐は彼に小さな苛立ちを覚えた。彼は別に智祐のことを心配したり、気の毒に思っているわけではない。むしろその逆だ。厄介な上司に自分が目をつけられなくてよかった、と思っているのだ。

智祐は何も言わずに小さい笑みを浮かべた。実際、ここ数日食欲がない。鳩尾のあたりに鈍い痛みを感じていた。

薬を飲んでこよう。そう思って自販機に水を買いに行く。コインを入れ、取り出し口から出てきたペットボトルを取り上げた時、後ろから「藤澤君」と声をかけられた。

「っ⁉」

急いで振り向くと、そこには加藤主任が立っていた。ねっとりとした笑みを浮かべている。

「藤澤君、最近お昼もちゃんと食べてないんですって？」

「え……」

最近、昼休みはデスクから離れ、フロアにあるロビーのテーブルで過ごしている。そこを見られたのだろうか。

「ダメよ。若いんだからちゃんと食べないと」

「はあ…、そうですね」

では、と智祐は早々に加藤の脇をすり抜けようとした。だがその瞬間、腕を握られる。ぎょっとして加藤を振り返った。彼女は下から智祐を見上げるようにして笑みを浮かべている。その媚（こ）びるような視線に鳥肌（とりはだ）が立った。

「よかったら、お弁当作ってきてあげましょうか？」

「……大丈夫です。すみません」

少し強めに腕を引くと、加藤は仕方なさそうに離してくれた。そのまま足早に自分のデスクに戻る。

「どうした？」

「……なんでもないよ」

鳩尾の重苦しさが増したような気がした。

「おい藤澤！　ちょっと来い！」

今度は小島の荒（あら）げた声が聞こえる。またどうでもいいことをねちねちと詰められるのだろう。

また三十分は解放してもらえないに違いない。

智祐は心底うんざりしながら立ち上がった。

「――お前、俺の店継がねえか？」

「は？」

智祐は大学卒業と共に家を出ている。その日は珍しく父親に呼び出されて食事に応じた。両親は智祐が高校生の時に離婚している。理由は父親があまりにも自由すぎるからだ。今も突然、電話がかかってきたと思ったら、わけのわからないことを言ってくる。

「店って？」

「『PRINCESS GANG』だよ。ホストクラブ。知ってんだろ」

智祐の父である藤澤桜介は、元ホストでり、今はホストクラブの経営者だった。桜介はもう四十代半ばではあるが、同年代の他の男性に比べると格段に若く見える。今も身体を鍛え、余分な肉などは見当たらない。客観的に見ても男ぶりがよかった。

彼の店である『PRINCESS GANG』はかなり大きな店で、新宿歌舞伎町にある。くしくも智祐の職場とそう遠くない。

智祐はこの父親が苦手だった。何不自由なく育ててもらった恩はある。だがそれは主に金銭的な意味であり、智祐は彼から父親らしいことをしてもらった記憶はない。それどころか、母親はこの父のせいで常に心労が絶えなかったようだ。

職業柄、夜型なのは仕方がないにしても、一週間ほど帰ってこないことはざらにあった。

母親は父がホストの現役だった時の客だ。つまり出来婚というやつだ。母親が智祐を妊娠したので籍を入れた。その時点で、智祐の母親はある程度の覚悟はできていたはずだ。桜介は歌舞伎町でかなり名を馳せたホストだったらしく、そんな人物が結婚したからといって、真っ当な父親になれるはずがない、というのは智祐の偏見だろうか。

（いや、俺はそういう父親の息子だったんだから、言う権利はあるはずだよな）

　母親もまた初めての育児で一人放り出され、その時点で父に対する好意はかなり下がっただろう。その後も浮気をはじめとするトラブルはひっきりなしに起こり、智祐が高校二年の時にとうとう離婚してしまった。正直、よく保ったと思っている。母親とも時々会っているが、離婚してしばらくは父に対する恨み言が絶えなかった。

　そういったこともあり、智祐は父を反面教師にして真面目に育った。ホストの対極に位置する職業として、公務員の道を選んだ。

　そんな智祐に桜介は、自分の店を継げなどと言ってくる。

「なんで。店やめるの？」

「ハワイに移住しようと思ってんだよな」

「は……？」

　父親の口から出た言葉を理解するのに少々時間がかかった。

「もうずっと夜の街で暮らしてたろ？　ネオンの海も悪かねえが、本物の太陽と、青い空と広い海の下で暮らしたくなったのよ。で、まあそんなこと思うってことは、もう潮時かと思ってな」

　桜介の中では筋の通った理由らしいが、智祐にはまったく何を言っているのか理解できなかった。

「だから俺の店継いで欲しいんだよ」

「何言ってんだよ！」

　思わず大きな声を出してしまってから、智祐は店の中を思わず見渡した。客の中の何人かはこちらをちらりと見やったが、すぐに気にも留めずに自分たちの会話に戻っていく。そして当の桜介はちっとも気にした様子がなかった。

「俺だって仕事あるし、そんなことできるはずないだろ」

「ああ、役所勤めだったか」

　鉄板焼きのステーキをフォークで刺して口に運びながら桜介は言う。

「何だか最近大変らしいじゃないか。奈美が言ってたぞ」

「……母さんが話したのか」

「こないだ電話があってな」

　父と母は離婚したといっても時々は会っているらしい。責任のない関係に戻ると、以前より関係は良好になったそうだ。智祐はそこも理解できない。

「お前、母親に愚痴を零すくらいなら、俺にも相談しろよ。パワハラにセクハラなんて二重苦じゃねえか。可哀想に」

「……心にもないことを言うなよ」

「智祐、俺はな」

桜介はグラスの中のビールを飲み干してから言った。

「いくらお前が職場のことで悩んでても、素質がなかったらこんなこと言わねえよ。お前には経営の才能がある。ツラもいいしな」

「顔が関係あるのか」

「あるね。まあ経営者は必ずしも接客やるわけじゃないが、ツラがいいに越したことはない。それに、俺の店の奴らはみんな仕事のできる奴だ。お前のこともよく助けてくれる。役所の仕事なんかより、よっぽど楽しいし金も稼げるぞ」

「ホストなんか嫌いだ」

この男がホストだったから、家庭が壊れた。けれど桜介がホストでなかったら自分が生まれていないのも事実だ。

それでも智祐は、ホストという人種がどうしても好きになれない。

「けど、今の状態の職場で仕事続けられんのか？」

「……」

そこを突かれると痛かった。智祐が今の職場で受けるストレスは半端ではなく、そろそろメンタルに何らかの異常が表れるかもしれない。そうなる前になんとかしたかったのは事実だ。

異動願いを出してもすぐには動けないだろう。それまで耐えていられる保証はない。

「試しにやってみろよ。公務員なんざ、またいつでもやれんだろ」

「簡単に言うなよ」

この男の脳天気さに腹が立つが、智祐はそれ以上に強いことは言えなかった。

同じ新宿に通っていたといっても、智祐は歌舞伎町にはめったに足を踏み入れたことがない。昔に比べたらずいぶん猥雑さが減ったというが、それでも智祐のような人間にはまるで別世界のようだった。

あれから四ヶ月後、智祐は職場を退職し、『PRINCESS GANG』のフロアに立っていた。

(思っていたより、けばけばしくないんだな)

まだ開店前の店の内装を見て、まずはじめにそう思った。ホストクラブというと鏡張りの壁にギラギラした照明、真っ赤な絨毯――などというイメージだったが、壁紙は落ち着いた色で床も白く、シックとは言えないものの、どちらかといえばブティックのような品の良さを感じる。

「初めまして。貴宮と申します」

そして出迎えてくれたのは柔らかい雰囲気の男だったので、智祐は少し驚いた。名刺を受け取ると『貴宮悠生　マネージャー』とある。

「オーナー……、桜介さんのことは、私もびっくりしました。まあでも、あの人らしいですね」

貴宮は父の右腕のような存在だったらしい。父は店に来たり来なかったりだったので、この店を実質的に回しているのは貴宮なのだろう。長身に洒落たデザインのスーツ、全体的に落ち着いていて、知的な雰囲気を漂わせていた。

「貴宮さんもホストなんですか」

そう尋ねると、彼はにっこりと笑う。好感の持てる笑顔だった。だが、彼もまたホストだ。甘い言葉を囁いて客から金を巻き上げている人種だ。ひっかからないぞ、と、智祐は構える。

「前は接客もやってました。幹部になってからは裏方に回ってますが、馴染みの姫がいらっしゃった時は接客もしますよ」

「姫」

「ここでは客の女性のことをそう呼ぶんです」

「すごい世界だ……」

思わず口に出てしまった。貴宮はくすりと笑う。そんなことも知らないのかと言っているようだった。

「失礼」

「どうせ何も知らない奴が、のこのこ来たと思ってるんでしょう」

桜介は必要な手続きだけ済ませると、さっさと渡米してしまった。引き継ぎらしいことはほとんど何もしてくれなかった。

「いえ、可愛らしいなと思って」

「は？」

「とても桜介さんの息子さんとは思えない」

「ああ……」

智祐はため息をついた。

「父のことは反面教師にして育ったんです」

「反面教師、ね」

「もしかしたら父は、あなた達の間では尊敬に値する人物なのかもしれない。けれど俺には違う」

智祐がそんなことを言っても、貴宮は気分を害した様子は見せなかった。それどころか、わかります、とでも言うように頷いて見せる。

「店のことは私が逐一教えさせていただきます。そろそろキャストが出勤してくるので、ミーティングで紹介しましょう」

いよいよだ、と智祐は身体に緊張が走った。これから、ホスト達の前で自分がオーナーなのだと知らしめなければならない。

（俺に出来るだろうか）

やらなければならないだろう。役所勤めはうまくいかなかった。だがこちらも失敗してしまったら、何のために職場をやめたのかわからなくなってしまう。

智祐がやめると知った時の、小島の勝ち誇ったような顔。加藤の残念そうな顔。そして同僚の小馬鹿にしたような顔。きっと逃げ出したのだと思われたろう。

(今度こそうまくやらなければ)

だが異世界とも言えるこの場所で、智祐はそのための何のノウハウも持っていないのだった。

「今日からオーナーが代わられる。桜介さんに代わって、息子さんの智祐さんだ」

ずらりと目の前に並んだホスト達に、智祐は圧倒されないようにと無表情を貫いていた。

うちは粒ぞろいのキャストが揃っている、と桜介が言っていた通り、これだけの顔のいい男達が揃うと壮観でもある。最近のホストはスーツを着なくてもいいのか、シャツやパーカーなどカジュアルな服装をしている者もけっこういる。

「智祐さんはこの業界にまだ明るくない。皆でバックアップして支えてやってくれ」

貴宮の言葉に、ホスト達から「ほーい」、や、「うーす」、という返事が返ってくる。彼らから好奇の視線を感じ、舐められているな、と感じた。それは当たり前だろう。突然、前オーナーの息子だからと言って、自分たちとそうたいして年も変わらないような素人が来れば、何が出来るのかと思われても仕方がない。

「うぃーす」

その時、入り口から誰かが入ってきた。その人物を見た時、智祐は思わずハッとして目を奪われてしまう。

明るい色の髪は軽くウェーブがかかり、黒一色のモード系のスーツがよく似合っていた。その下に着ているのはやはり黒のTシャツだろうか。唯一のアクセントであるシルバーのネックレスが映えていた。

整った顔はあくまで雄っぽい。だが少しふて腐れたような表情が絶妙な華を添えていた。

「今月三回目の遅刻だぞ、隆弥」

「すいませーん」

貴宮に窘められ、隆弥と呼ばれたホストは列の端に加わろうとした。だが周りのホスト達がどうぞ、と彼を真ん中に移動させる。おそらく、力のあるホストなのだろう。

「彼は南野隆弥。うちのナンバーワンです」

智祐は隆弥と目が合った。強い視線が智祐を捕らえる。

(これが店のナンバーワン)

そう言われて納得するほどのオーラが、彼には確かにあった。黙ってそこにいるだけでも惹きつけられるものを感じる。

「では全員揃ったようなので、一言お願いします、智祐さん」

「……はい」

貴宮に促されて、智祐は視線をホスト達に戻した。以前から考えていたことをそのまま口にする。

「――俺は、父のことは尊敬していない。だから君達のことも理解しがたい人種だと思っている」

ざわ、とホスト達の間に波が立った。だが智祐は構わず続ける。

「父から受け継いだからには仕事はするが、この世界に染まるつもりはない。君達もそのつもりで私と接するように。以上」

智祐はそう言って踵を返す。背後から不穏なざわめきのような、ブーイングのような声が聞こえてきた。それにとりあわずオフィスに戻る。貴宮の宥めるような声が聞こえてきた。

これでいいんだ。

舐められる前に一撃入れた。俺は父とは違う。ホストなんかを理解するつもりはない。

オフィスに戻り、パソコンの前に座っていると、貴宮が入ってきた。

「あれはちょっとまずかったですね」

彼は困ったように笑っている。この男だけは少し信用できると思った。

「事実だ。俺にはホストクラブ経営なんて荷が重い。けれどやらなきゃならない。ただでさえ、

こちらは素人で舐められているんだ」

「そんなに気負うこともないと思いますけどね。うちはけっこう売り上げ安定していますよ」

「知ってる」

　智祐はＰＣの画面を前に告げる。

「収支を見たけど、かなりの利益を得ていると思う。だからオーナーが俺に代わって数字が下がったとか言われるのが嫌なんだ。それとホストが嫌いなのは別だ」

　うっかり本音（ほんね）が出てしまって、智祐はしまったと口を噤（つぐ）む。だが貴宮はおかしそうに笑うだけだった。

「大丈夫ですよ。嫌われてるのは知ってましたから」

「貴宮さんは、信用できる人だと思う」

「それは光栄です。まあ、私たちは界隈（かいわい）の外の人からすれば理解しがたい人種でしょうけど、それぞれ目標を持って働いている奴も多いんですよ」

「……そうか」

「どうか彼らを信用して、伸び伸びやらせてあげてください。今までそれでうまくいってたんです」

　本当にそれでうまくいくだろうか。そんなに甘いものではないのではないか。

　オーナー一日目は不穏に終わったが、智祐は自分の心配が杞憂（きゆう）で終わらないことを思い知らされるのだった。

覚悟はしていた。ああいう挨拶をしてしまった以上、ホスト達が自分に反発するだろうということは織り込み済みだった。だが、こうも苛めみたいな真似をされるとは思わなかった。まず挨拶をしてこない。店の中で顔を合わせると、露骨に目を逸らされるか舌打ちをされる。それを咎めると一応は謝罪するが、心がこもっていないのは明らかだ。

（適当によさげなことを言えばよかったんだろうが）

自分の本心を曲げて、へつらうのはもう嫌だったのだから仕方がない。少なくとも今の針のむしろは、自分の上にいる者がいないだけ前よりはマシだと思う。

店の中ではホスト達はよく働く。皆目標を持ってやっているのはわかった。ホスト特有の接客の是非はわからないが、少なくとも経営的には成功しているのだろう。父は優秀な経営者だったことがわかる。たとえ家庭が崩壊していても。

「オーナーのその格好、なんとかならないんですか」

だが、あるホストから服装を指摘されたのは思ってもみないことだった。

智祐は前の職場で着ていたスーツをそのまま店でも着用していた。シャツだけは色物に変えたりしていたが、それがどうやら違和感があったらしい。

「ここは役所じゃないんですけど」

そう言ってきたのは若いホストの一人だった。パーカーを無造作に着こなしている。ぱっと見は韓流アイドルみたいだと思った。

「そう思うでしょ、貴宮さんも」

「まあねえ……」

近くにいた貴宮も、顎に手を当てて首を傾ける。どうやら何かしら思うところがあったようだ。

「おかしいですか？」

「おかしいというか……ビジネススーツというのも……。接客するわけじゃないからいいかなとは思いますが」

「オーナーがそんなんじゃおかしいっしょ」

彼の言うことも一理あった。だが智祐はこの店に合う服装などわからない。

「ええと、真尋君だったか。小松真尋君」

「えっ……、はい」

真尋は智祐が自分の名前を覚えていることが意外だったのか、少しびっくりした顔をした。

「俺の名前知ってるんですか？」

「馬鹿にするな。自分の店のスタッフの顔と名前くらい、頭に入れて当然だ」

彼は確か智祐よりも年下だったはずだ。二十三歳。

「へえー……」

真尋は小さく笑った。それが少し嬉しそうな表情だったので、智祐は目をぱちくりとさせる。

「真尋君、では、俺に似合うと思う服を見繕ってくれ」

「えっ？　俺が？」

「そうだ。俺にちゃんとした格好をして欲しいんだろう？　もちろんそのための費用は払う」

「……マジで？」

真尋は貴宮に視線を送る。彼は真尋に頷いた。

「わかったよ」

彼は神妙に頷いた。

「あんたに、この店のオーナーに相応しい服を選んでやる」


「ああ、真尋君、まだ残ってたか。ちょっといいか」

「はい」

店が終わった頃、まだ休憩室に残っていた真尋に声をかけた。彼はスマホでゲームをやっていて帰りそびれたらしい。

「この間、選んでもらったスーツを受け取ってきた」

「あ、マジすか」

先日、智祐と真尋は、智祐が店で着るための衣服を買いに行った。真尋が「オーダーメイドでしょ」というので、新宿にある百貨店に入っている店に向かった。特にスーツである必要はないが、経営者くらいはきちんとした格好をしたいと智祐が言ったからだ。

「それなら、スリーピースとかどうです？　かっちりした格好もけっこう女ウケいいすよ」

「いや、俺は接客はしないから」

「エースの姫とか来たら、挨拶しなきゃいけないでしょ！」

そんなふうに押し切られ、智祐は結局スリーピースを作ることになった。品のいい女性店員にサイズを測ってもらい、デザインを決める。シャツやネクタイも一式買った。これらはすべて経費にしていいと貴宮が言った。

店員が智祐の体型ならイギリス式のスーツを勧めたのでそれに従った。採寸されているところを、真尋は興味深そうに眺めていた。

出来上がったら連絡してくれるとのことで、その日の用事は終わりになった。

「真尋君、今日は休みなんだろう。せっかく出てきてもらったんだから、何かご馳走するよ」

「マジすか、ゴチになります」

彼は現金に笑ってみせた。人懐っこそうな笑顔に、彼が南野に続く売り上げを上げているのが納得できる。

「何がいい？」

「うーん、そうだな…、あ、あれ」

真尋は道路を挟んで向かい側にあるキッチンカーを指さした。ホットドッグを売っているらしい。

「あれ買って、そこの公園で食いましょうよ」

「別に構わないが」

「んじゃ、早く。信号変わっちゃう」

袖を掴まれて、ぐいぐい引っ張られる。その子供っぽいとも思える仕草に、智祐は呆気に取られた。

「俺、チリドッグスペシャルとポテトとコーラ。智祐さんは？」

「ええと…、サルサドッグとポテトとアイスティー」

智祐は支払いを済ませ、商品を受け取ると、公園に入った。中央にある大きな池の側のベンチに座ってホットドッグを広げる。

「ここのホットドッグ、でかくてうまいんですよ」

「そうなのか。確かにでかいな」

成人男性がこれだけで足りるのかと思ったが、この大きさなら大丈夫そうだ。そんなことを考えながら、智祐は口を大きく開けてホットドッグに齧り付いた。肉汁がじゅわっとしみて口から零れそうになる。

「うわ」

ナプキンで口元を拭った時、ふと横からの視線に気づいた。真尋がこちらをじっと見つめている。

「何だ？」

「いや…、何でもないす」

真尋は視線を戻し、自分もホットドッグに齧り付いた。

「うまいすね」

「うん」

しばらくは無言で食べていた。ホットドッグを食べ終え、ポテトをつまみ始めた時、真尋がぽつりと呟く。

「ホスト嫌いなんすか」

智祐は少しの間黙ってから「そうだな」と答えた。

「正確には、父親が嫌いなんだ」

「桜介さんですか。俺達にはすごいいいオーナーでしたけど。あの人に憧れている人多いですよ。歌舞伎町じゃ伝説のホストです」

「そうなんだろうな」

でも、と智祐は言った。

「俺と母さんには、いい父親でも夫でもなかった。多分、向いてないんだろうな」

彼には家庭というものはおそらく必要なかったのだろう。母親が智祐を妊娠したから仕方なく結婚しただけで、桜介には華やかな夜の街のほうが本当の居場所だったのだ。それはわかっていたことだが。

「けど、いいオーナーなら、何もかも放り投げてハワイなんかに移住しないんじゃないのか」

「ははっ、そうかも」

真尋はおかしそうに笑った。

「まあ、桜介さんがいなくなったのは残念ですけど、あの人らしいっていうか……」

何かを思い出したように真尋は言った。

「俺が『PRINCESS GANG』に入った時、桜介さんが言ったんです。客が何を望んでるかを理解しろって。それに応えれば、店の人気は勝手に上がっていくって」

「よく聞くけど一番難しいことだな」

「ですよね。でも多分、それを出来るのが桜介さんとか、隆弥さんなんですよ」

「南野隆弥？」

「そっす。隆弥さんはマジで桜介さん越え目指してるらしいっすよ」

「そうか…」

智祐もオーナーではあるので、ホストの顧客や売り上げは把握している。南野は確かに、在籍しているホストの中で頭ふたつ分くらい抜けている存在だった。

「俺も追いかけてるんですけどね、なかなか届かないっすよ」

真尋が悔しそうに言うのが微笑ましくて、智祐はくすりと笑いを漏らした。

「何ですか？」

「いや、がんばってるんだなと思って」

「そりゃそうですよ。つか、他人事みたいに言わないでください。オーナーでしょ」

「そうだな」

ホストという人種に対して全般的に悪いイメージを抱いていたが、少なくとも真尋は悪い人間ではなさそうだと思った。

（問題は俺のほうだ）

以前の職場から、環境に問題があったとはいえ逃げ出してきたようなものだ。それなのに新しい場所で文句を言っていても仕方がない。

「俺もがんばらないとな」

そう呟いた智祐の横顔を、真尋がじっと見つめていた。

「店で着てみたんだが、ぴったりだった。似合うかどうかはわからないが」

「え、着てみてくださいよ」

「今か？」

「今」

期待に満ちた目を向けられて、智祐は少しためらったが、「わかった」と頷いた。今も着ているビジネススーツを脱いで、あつらえた新品のスーツに袖を通す。着替えているところを見られるのはなんとなく居心地が悪かった。とはいえ別に男同士だし、と視線を感じながらもスラックスを穿き、ネクタイを締めた。

「いいじゃないっすか！」

上着を羽織ってボタンを留めると、真尋が明るい声を上げた。

「今までのより全然いいっすよ！　ていうか智祐さん元の素材がいいんだから、盛らないともったいないっす」

「そうか……？」

ショップで試着した時はサイズ感だけに気を取られていたが、手放しで褒められると、なんとなく気恥ずかしい。自分は彼らホストとは違って、人に注目されることに慣れていないのだ。

だが確かにオーダーメイドだけあって着心地はよかった。身体にフィットしつつも窮屈なところがない。あの店は腕がいいのだろう。

「智祐さん、店に出たら絶対すぐ、太いお客さんつくっすよ」

「俺は接客ができないからダメだな」

彼らのように口八丁手八丁ができないと仕事にならない。客を楽しませることができないのだから。

「桜介さんの息子さんなのに」

「父と一緒にしないでくれ」

思わずぴしゃりとした口調になってしまった。真尋が黙ったのを見て、智祐は少し慌てる。

「あ…すまない」

「いや、俺こそなんか地雷踏んじゃったみたいで、すみません」

素直に謝られると余計にバツが悪くなる。もう脱いでしまおうと、ボタンに手をかけた時だった。

「それ、もう脱ぐんですか？」

「え、ああ」

「じゃあ、俺が脱がせてもいいですか？」

「え？」

返事をする間もなく、真尋の手がスーツにかかる。肩からするりと上着を脱がせられ、それはオフィスのテーブルの上に置かれた。

「真尋く…」

「黙って」

ふいに真剣味を帯びた声をかけられ、智祐は思わず口を噤んでしまう。ネクタイを解かれ、シャツのボタンも外されていった。真尋の指がひとつひとつボタンを外していく度に、智祐の肌が露わになる。

なんだろう、これは。

俺はどうして年下のホストに服を脱がされているのか。この状況がまるでわからなかった。

「まひ——」

沈黙に耐えられずに真尋の名前を呼びかけた時、ふいに何かに口を塞がれた。弾力のある温かいもの。それが彼の唇だとわかるまでしばらくかかった。

「ん、ン————、んっ⁉」

驚いて抵抗しようとするが、両手をがっちりと摑まれる。いったいどんなふうに押さえているのか、そうされるとまるで動けなくなった。

よろめく足がたたらを踏んで、背後にあったソファに倒れ込む。

「真尋君、なに――――、んっ！」

今度はもう少し強引に口づけられた。唇の隙間から舌が這入り込んで来て、奥で縮こまっている智祐の舌をぬるりと舐め上げてくる。

「ふっ」

その瞬間に、ぴくんっと背中が震えた。智祐とて二十五歳だ。口づけの経験くらいはある。けれどそれはとても豊富と呼べるものではなく、真尋に与えられたそれは、これまで味わったことのないものだった。

彼が舌を絡めてくると、背中から腰にかけて弱い電流が走る。自分の身に何が起きているのかまったくわからず、智祐はその心地よいとも言える感覚に翻弄された。

「っ、ふ、え…っ?」

「は…、智祐さん、かわいい」

真尋の手がスラックスのベルトにかかる。その瞬間、やっと我に返った智祐はソファの上で身を捩って抵抗した。

「智祐さん、そんな暴れたら、せっかくのスーツが汚れるし、皺になっちゃうっすよ」

そう言われてハッとした智祐が抵抗を緩めると、その隙にベルトが外され、スラックスを下まで下ろされる。

「これ、全部脱いじゃいましょうね」

するりと足首から抜かれたそれが、さっきと同じテーブルの上に放り投げられる。ついでにネクタイもだ。智祐はあっという間に、シャツと下着と靴下だけの姿にされてしまった。

「な、何するんだ……？」

この状況の意味が本気でわからなくて、智祐は呆然として真尋に尋ねる。すると彼はぷっと噴き出した。

「ここまで来て、まだわからないんすか」

「いや、だって……！」

「まあいいや。悪いようにはしないから、俺に任せてみてください」

「え…っ、んんっ」

ちゅう、と首筋を吸われ、ぞくぞくっ、とした感覚が走る。それと同時に両の乳首を捕らえられてしまい、親指の腹でくりくりと転がされた。

「あっ…⁉」

胸の先から甘く痺れるような感覚が生まれる。それは身体中へと広がっていった。

「乳首も感じるみたいすね」

「やっ…、うぁ…んんっ」

変な声が勝手に出てしまいそうで、智祐は唇を噛むようにして声を抑える。だがそれを咎めるように、爪の先が乳首をかりっ、と引っ掻いた。

「くあっんっ」

「可愛い」

「んんっ…」

また口づけられて舌を吸われる。普段の人懐っこい印象の真尋と、今の真尋は全然違う。顔つきは同じなのに智祐を見る目がまるで違っていた。獲物を狩る獣のような、それまでの可愛らしい印象をかなぐりすてた雄の顔をしていた。

そしてそんなふうに見つめられると、智祐は自分の身体から力が抜けていってしまうのを感じた。

「真尋…っ、ああっ」

「こんなふうに、誰かに触らせたことある?」

「っ、な、な…いっ」

智祐は女性との経験すらなかった。アプローチされたことは多々あるが、勉強のほうに熱心だったのと、他人と恋愛をすることに臆病だったからだ。女性の中には、真尋のようにここまで踏み込んでくる者もいなかった。

「うっそ。じゃ前も後ろも処女?」

「んあっ」

下着の上から股間を摑まれ、軽く揉まれる。たったそれだけで息が乱れた。

「だ、だめ、だ…、そん、なっ」

「何で。気持ちいいでしょ？」

くにくにと指で揉まれる毎にずくん、ずくん、と快感が込み上げてくる。

「智祐さん、めっちゃ敏感で最高じゃないすか」

「や、あっ、下着、汚れっ……！」

先端が濡れ始めているのを感じた。このままではみっともないことになってしまうと思って、ソファの上で腰を揺らして身を捩る。

「ああ、そうすね。じゃ、これも脱いじゃいましょうか」

「んあっ！　やめっ…！」

ずるり、と下着を脱がされて、それも後ろに放り投げられた。慌てて取り返そうと手を伸ばすのを逆に押さえ込まれ、両脚をぐいっと開かれてしまう。

「～～っ！」

「やばい、めっちゃピンクで可愛い」

あまりの恥ずかしさに股間ではなく腕で顔を隠した。

「ね、智祐さん、ここに俺のコレ挿れたいんすけど、今日は無理っぽい？」

真尋の指が後ろを探ってきて、智祐は短い悲鳴を上げてしまう。

「今日でなくても無理だっ！」

あまりのことに思考がついていかない。智祐は今や涙目になっていた。頭の中がぐちゃぐちゃで、パニックを起こしかけている。

「んーわかりました。じゃ、ヌキ合いしましょ。俺もキツイんで」

真尋はそう言うと、自分のズボンの前を開けた。そこから取り出されたものを見て、智祐はぎょっとする。それはまごうことなき男の怒張だった。

「や、やだ、それっ…」

「挿れないから安心してください。これをこうして……」

真尋は自分のものと智祐のものを一纏めに掴み、裏筋を合わせて腰を動かした。

「――――ふあっ！」

ずりゅ、という卑猥な感覚がして、腰から背筋にかけて強い快感が走る。こんなに強い刺激は味わったことがなかった。智祐は思わず目の前の真尋にしがみつく。

「智祐さんっ……！」

「んっ、んうっ、あっ、ふぁあっ！」

熱くて濡れていて熔けそうだった。鋭敏な場所をずりゅずりゅと擦られる度に、腰の奥から快感が走り抜ける。

「あ…っ、あ…っ、ま、ひろ…っ、つ、つよ、ぃ…っ！」

刺激が強すぎるから緩めてくれと訴える。真尋は息を荒げつつ智祐に告げた。

「なんですか？　智祐さん、強すぎるんですか？」

「んっ、んっ、も、ゆっく…り…っ」

　慣れない快感でどうにかなりそうだった。頭の中が沸騰している。広げられた太腿の内側が不規則に痙攣しているのがわかった。

「ゆっくりして欲しい？」

「〜〜〜っ」

　智祐はこくこくと頷く。だが返ってきた真尋の言葉は無慈悲なものだった。

「じゃあ、もう少しこのままでいきますね」

「あっ、あっ！　やあっ…だっ、んんん——…っ！」

　肉茎同士が擦れ合って、ずちゅずちゅと濡れた音が響く。真尋の指で先端をくるくると撫で回されて、ぞくぞくぞくっ、と腰から快楽の波が上がってきた。

「あ、ひ、あ、も、もうっ…、むりっ、むりぃっ…！」

「うん、俺も…、そろそろ、出る。一緒にイきましょう……っ」

　真尋の腰の動きが激しくなった。あまりの快感に目尻に涙が滲む。宙に投げ出された足先がぎゅうっ、と内側に丸まった。

「んあ、あ！　——〜〜っ！」

「く……っ」

どぷっ、と二人分の精が真尋の掌の中に吐き出される。智祐はしばらくの間、身体を痙攣させながら小さく声を上げ続けていた。

「はー、気持ちよかった」

真尋の言葉も耳に入ってこない。乾いたティッシュで後始末される時に、智祐はようやっと正気を取り戻した。

「あ……っ」

「あ、帰ってきましたね」

濡れた肉茎や股間を優しく拭われ、その感覚にすらビクついてしまう。

「智祐さん経験ないとかいって、敏感だしエロいしで、俺、思わず興奮しちゃいました」

「……っ、な、な、なにを…っ、なんで……っ」

今更、羞恥心が戻ってきて、力の入らない足をばたつかせた。いったい今、自分たちは何をした？　そんな思いが急に込み上げてくる。

「そんな焦ることないっすよ。挿れてないからまだノーカンじゃないすか」

「そういう問題じゃない！」

最後までしなくとも、あんな部分を擦り合わせて共に絶頂に達したのは、智祐にとってセックスと変わりない。

「なんでこんな、こと……」

「んー、そうすね」

真尋はちょっと考えるようにして答えた。

「智祐さんにムラムラしたから？」

「ム――――」

あまりにあっけらかんと答えられてしまったので、智祐は二の句が継げなかった。

「俺、智祐さんのこと、けっこう好きっぽい」

そんなふうに言われて、智祐はただただ困惑するばかりだった。

真尋とオフィスの中であんなことをしてしまってから、智祐は気持ちの整理がつかなかった。

「智祐さん、新しいスーツ、とても似合っていますよ。すごくいい」

「ありがとう」

貴宮が褒めてくれるのに小さく笑って答える。フロアではホスト達が接客していた。あちらこちらで笑い声が聞こえる。中には顔を寄せ合って親密に何かを囁き合っている者もいた。その中には真尋の姿もあって、ついつい目で追ってしまう。それに気づいたのか、真尋がこちらを見て、手を振ってくれた。智祐は思わず顔を逸らしてしまう。

「……真尋と何かありましたか？」

「えっ」

突然の貴宮の問いに、びっくりして間抜けな反応を返してしまった。そんな態度をとれば、何かありましたと言っているようなものだ。

「いえ、特に何も」

あんなこと言えるはずがない。恥ずかしいというのもそうだが、オーナーが従業員とそんな行為に及んだなんて、よくないに決まっている。

「そうですか」

貴宮があっさりと退いてくれたので、助かったと息を吐いた。

その時、フロアの中心からシャンパンコールが起こった。ホスト達がその場に集まっていく。その中心にいるのは隆弥だ。隣では女性客が嬉しそうに笑って彼を見上げていた。その頬は紅潮し、瞳はきらきらと輝いている。彼に心を奪われているのだろう。

ここに来てから、そんな表情の女性達を多く見ていた。やはりここは彼女達の恋心を餌に、金を巻き上げていくところなのだろうか。

だがそれも納得してしまうほど、隆弥は華があり輝いている。

「隆弥がシャンパン入れてもらったようですね」

「彼は優秀なホストみたいですね。数字も飛び抜けている」

「まあ、彼は狙った姫は必ず落としますからね」

智祐は苦笑を浮かべた。真尋とのつきあいでホスト全般に対する悪印象は和らいだが、やはり抵抗を持っていることには変わりない。

その場を貴宮に任せ、智祐はオフィスに引っ込む。ＰＣを開きながら、やはり自分はこうしてデスクワークをしているほうが向いていると思った。それでもずっとここに籠もっているわけにもいかず、切りのいいところで再びフロアを見回る。何も問題はないように見えた。

だが非常階段に出た時、智祐は信じられない光景を見てしまう。

先ほどコールの中にいた女性客と隆弥がキスをしていた。隆弥の手は彼女のブラウスのボタンを外し、その中に忍び込んでいる。

「きゃっ！」

「おっと」

彼女は慌てて隆弥を押しのけ、衣服と髪の乱れを直した。

「じゃあね、隆弥。また連絡する！」

「おう。ありがとな」

彼女は手を振り、カンカンカン…と音を響かせながら階段を降りていく。その背中を見送る隆弥の背中を、智祐は強い視線で見据(みす)えた。

「なんすか、オーナー。視線感じるんすけど」

「いったいどういうつもりだ」

「は？」

突然、問い詰められた隆弥は意味がわからないという顔で智祐を見返す。強い視線だ。この目に女達は逆らえないのだろう。

「今のは、接客の枠(わく)を逸脱(いつだつ)している」

「はあ？　あれくらい皆やってるっての。シャンパン入れてくれたんだぜ。あれくらいサービスしてやっても、バチは当たらねえだろうが」

「君達は身体を売っているのか。そういう商売か」

「……なんだと？」

隆弥が気色ばむ気配がした。思わず後ずさりそうになるが、智祐は必死で踏みとどまる。

「この世界のことなんも知らねえ素人が、桜介さんの息子だってだけでえらそうな口叩くなよ」

「父のことは関係ない。ついでに俺は父に倣おうとは思っていない」

「へえ、この世界のことも何も知らなかったような奴が、どうやって店切り盛りしてくんだよ。素人が好き勝手やって、店潰されるのは迷惑だ」

「っ……」

隆弥の言葉はあまりに正論で、智祐は自分の言葉が封じられるのを感じた。彼の言うことは確かに的を射ている。智祐はつい先日まで夜の世界のことは何も知らない公務員であり、そんな自分が店を仕切っていてはキャスト達は頼りなく思うだろう。

この界隈には界隈なりの作法やルールがあり、自分の倫理観にそぐわないからといって責めるのは間違いかもしれない。

だが、あの勝手な父親に反発して自分は固い道を選んだ。いや、選ぼうとしたのだ。けれど結局のところ、それもうまくいかなくて、父の後を継ぐ形になっている。

これは俺の八つ当たりではないだろうか。

「えっ…、おい」

隆弥の慌てたような声に、智祐は自分が涙ぐんでいることに気づいた。

「何も泣くこたねえじゃねえかよ」

「泣いていない！」

こんなことで感情を抑えきれなくなった自分が情けなくて、智祐は隆弥から顔を逸らし、手の甲で涙を拭う。

「いや、泣いてんだろ」

「泣いてない」

尚も否定する智祐に、隆弥の手が伸ばされた。

「そのへんにしておけ、隆弥」

その時、非常口のドアが開いて、貴宮が現れた。

「隆弥と智祐さんが揉めてるって報告があったんだ。おい隆弥、智祐さんを泣かすんじゃない」

「俺かよ！」

「泣いてないです」

貴宮にまでそんなことを言われてしまって、居心地が悪いといったらなかった。

「……俺も、悪かったので」

鼻を啜った智祐は、隆弥に向き直る。

「少し感情的になってしまった。すまなかった」

「……いや、俺も、言い過ぎた……。悪い」

どこか、しどろもどろに謝罪を返す隆弥を見て、貴宮はおかしそうに噴き出した。

「何だよ、貴宮さん」

「いや、姫が泣いても毅然としてあしらう隆弥が、そんなに動揺するなんてめずらしいと思ってね」

「言ってろ」

隆弥は腕組みをして、明後日のほうを向いていた。

「行きましょう、智祐さん。もうじき閉店です。処理をしなければ」

貴宮に促されて、智祐は店の中に戻っていく。ちらりと背後を振り返ると、隆弥が呆然とした表情でこちらを見ていた。


ＰＣの電源を落としながら小さく息をつくと、貴宮がお疲れ様でした、と声をかけた。

「今日はすみませんでした」

「何がですか？」

「隆弥と、その、揉めてしまって……」

「ああ、いいんですよ。キャスト同士のケンカもしょっちゅうありますし。ただ、智祐さんはそういうのに慣れていないでしょう。隆弥がひどいことを言ったのではないですか？」

「……彼の言うことは本当のことでした」

父である桜介のことを否定したいばかりに、桜介のやり方を否定する。結果、これまでうまく回っていたものを滞らせてしまい、店の経営を危機に陥らせてしまうかもしれない。隆弥が言ったのはそういうことだった。

「……しかし、仮にこの店が潰れてしまったとしても、智祐さんにとっては何も痛くないのでは？」

貴宮の言葉に、智祐は小さく笑って首を振る。

「この店を生活の基盤にしている者もいるだろう。俺の意地で困らせたくはない」

「意地である、ということはわかっているのですね」

「……そうだな」

自分はこの世界に向いていないし、やはりホストクラブという店には抵抗がある。それでもそこで働いている者はいるのだ。

「腹、減りませんか」

「え?」

唐突な貴宮の言葉に、智祐は顔を上げた。

「俺の家、このすぐ近くなんです。実家から肉が送られて来たんで、よかったら食いませんか」

「……いいんですか?」

なんだか寄り添ってもらったような気がして、智祐は少し嬉しかった。貴宮はたった一人で慣れない世界に放り込まれた智祐の助けになってくれている。彼がいなかったら、智祐はとっくに詰んでいただろう。だから家というプライベートな空間に招かれたことは、嫌ではない。

「ええ、ぜひ。よければ泊まっていってください」

貴宮は相変わらず温和な顔でにこり、と笑った。


「うまかったです。ごちそうさま」

「どういたしまして」

二十四時間営業のスーパーで食材を買い、貴宮はすき焼きを作ってくれた。彼の実家から送られて来たというブランド肉は、蕩けるようにこくがあって、それでいてあっさりしており、おそらくそのほとんどが智祐の胃の中に入った。

「貴宮さん、料理が上手ですね」

「すき焼きなんて材料切るだけでしょう」

　彼の家は徒歩で十五分ほどの、本当に店の近くにあった。おそらく2LDKで、広くて落ち着いたいい部屋だった。喧噪が気になるのではと思ったが、防音がきちんとしているのか、さほど気にならない。

「それにしても、こんなところにマンションが建ってるなんてびっくりしました」

「そうですか？　ちょっと裏に入ればけっこうありますよ。まあ住んでいるのは同業者ばかりですけど」

　そうなのか、と智祐は認識を改めた。

「中に入ってみないとわからないことって、けっこうあるんですね」

「智祐さんは素直ですね」

「えっ」

「ホストは嫌いだといいながらも、俺達のことをちゃんと知ろうとしてくれている。偏見がない証拠です」

「……そうでしょうか」

「まあ、あの桜介さんなら、反面教師になるのも無理はないかもしれません。彼はホストとしては一流でしたが、人の親となると……」

「そうでしょう⁉」

少々食い気味に言ってしまってから、智祐は恥じ入ったように黙り込む。思わずといったふうに笑い出す貴宮に、すみません、と呟いた。

「いいえ、気持ちはわかるような気がします。……ところで智祐さん」

「え？」

「俺に対して敬語は使わなくていいんですよ」

「……でも」

貴宮は智祐よりもずっと年上だし、店のことを色々と教えてくれている。そんな彼に対し、敬語を使わないのは抵抗があった。

「俺は店のマネージャーで、あなたはオーナーです。立場的にはあなたのほうが上だ」

それに、と貴宮は言った。

「俺も、あなたの嫌いなホストの一人ですよ」

「でも、貴宮さんは……」

「俺だって智祐さんの知らない顔を持っている。現役の時は隆弥のような俺様営業をしていたかもしれない」

「貴宮さんは、そういうタイプに見えない」

「どうしてわかるんですか？」

「……」

そう言われてしまうと、智祐には反論できなかった。貴宮とはまだ数ヶ月の付き合いだ。智祐は以前の彼を実際に見たことがない。

「なら、智祐さんが知らない俺の一面を見せましょうか」

貴宮は椅子から立ち上がった。

「こっちに来てください」

手招きされて、智祐は素直についていった。ダイニングからリビングへ抜けていき、そこから続く部屋のドアを開ける。彼が照明のスイッチを入れると、間接照明があたりを柔らかく照らし出した。

そこは寝室のようだった。

「――――!?」

ふいに後ろから抱きしめられて、智祐は息を呑む。

「真尋と何がありました？」

「え……っ」

その声は耳元で囁かれて、智祐の肩がびくりと震えた。

「な、何も……っ」

「誤魔化さなくていいですよ。ちゃんとわかっています。というか、あなたを見ていればわかります」

「どうして……？」

　なるべく、何もなかったように振る舞っていたはず。それとも真尋が貴宮にあの夜のことを言ってしまったのだろうか。

（どうしよう。真尋とあんなことをしてしまったのがバレたら……）

　智祐はキャスト達と一線を引くような態度だった。それなのに、そのうちの一人である真尋とあんな行為をしたなんて、オーナーとして本来許されることではない。智祐は自分を最低だと思った。

「すまない。軽はずみだった。二度としない……」

「何をですか？」

　貴宮の両手が智祐の肩を撫でる。彼の唇がますます耳に近づいてきて、貴宮の吐息と熱が鼓膜をくすぐった。

「――――っ」

　ぞく、と背中がわなないてしまう。

「軽はずみに、何をしたんですか？」

　くすくすと笑う声が耳元に響く。吐息がかかるのがくすぐったくて、智祐は首を竦めた。

「何、って……」

　彼はわかっている。自分たちが何をしたのかを。

「智祐さん、わかっていますか？　俺も真尋と同じことをしたいと思って、あなたをここに連れ込んだんですよ」

「……は？」

　智祐の足下がふわりと浮いたかと思うと、視界がぐるりと反転する。次には背中にベッドの弾力のあるマットの感触と、すぐ上には貴宮の顔があった。

「油断してはダメです。俺達は夜の男ですから、ベッドに引きずり込むのなんて、簡単なんですよ」

「え、や……あっ！」

　智祐はようやっと自分の状況を理解する。

　貴宮の手が、智祐の腕をベッドの上に縫い止めていた。これはどう見ても組み敷かれている。彼は真尋と同じことをするつもりなのだ。

「な、なん、でっ…、離せ！」

「俺とはダメですか？」

「ダメ、って……！」

「俺も、真尋と同じくらいには、あなたのことを可愛いと思っています。初めて会った時から」

軽口の中にも、どこか真剣な響きを感じてしまって、智祐は困惑に眉を顰めた。

「それなのにあなたは無防備に俺を信頼してくる。俺はそれほど安全な男ではありませんよ」

先ほどの貴宮の言葉を思い出した。あなたの知らない一面を見せてあげる、と。

「わ、かった…。わかったから、もう、離してくれ」

「何をわかったと言うんですか?」

「ん、ひゃあっ」

耳をぬるり、と舐め上げられ、舌先を差し込まれる。くちゅ、くちゅ、と湿った音が頭蓋に響いて、腰から背中にかけて覚えのある感覚が這い上がってきた。感じやすい耳の中を舌先で嬲られると、息が乱れてくる。

「う、やあ、あ……っ」

「すごく敏感なんですね」

可愛いですよ、と囁かれて、頭の中がくらくらしてくる。けれどネクタイを解かれ、シャツのボタンを外されると、智祐は正気に戻った。

「いやだ、やめっ……」

「嫌なんですか? 俺が嫌い?」

優しく問われて、智祐は心底困って眉を顰めた。貴宮のことが嫌いなわけはない。むしろ好感をもっている。だがそれがこういった行為に直結するかというと――。

「あなたはまだ知らないだけなんです」

ボタンがひとつ、またひとつと外されていく。それなのに、智祐は強く抵抗することが出来なかった。身体の力が抜けていく。

「な、なに、を……？」

「こういうことが好きなんだってね」

貴宮は智祐に唇を重ねてきた。驚いて固まる智祐の唇をやんわりとこじ開けると、歯列を割って舌先を差し込んでくる。舌と舌が触れ合ったとき、その感触に、びくんっとわなないた。

「ふ、んっ……！」

有無を言わさずに舌が絡め捕られる。その進め方は、真尋よりも強引だった。ねっとりと舐め上げられ、吸われて、頭の中にじんわりと熱が灯る。上顎の裏をくすぐるように舌で辿られて、智祐は甘く呻いた。

「んんん、ふうっ……」

さんざん舌をしゃぶられ、まともにものを考えられなくなった頃、貴宮はようやっと口を離してくれた。

「どうでした？　嫌でしたか？」

「……っ」

　身体がじんじん火照っている。まるで自分の身体じゃないみたいだった。智祐は呂律の回らない舌で、どうにか言葉を紡ぎ出した。

「お、れっ…、こういうこと、好きなんですか……？」

「そうだとして、何か問題がありますか？」

「だって……、真尋、だけじゃなくて、貴宮さん、とも……」

「大丈夫。誰とでも、というわけではありません。それ相応の度量がなければ」

　あなたに触れることはできない、と貴宮は言った。

「あ、んっ」

　彼の手がシャツの隙間からするりと中に入って、直接肌を撫でられ、びくんっと身体が跳ねる。

「せっかくのいいスーツが皺になりますから、全部脱いでしまいましょう」

　貴宮は非常に手際がよく、智祐のスーツを脱がし、側にある椅子の背にかけていった。数分後、智祐は裸で彼の下に組み敷かれる状態となった。智祐は最初に無力化されてから、身を護る殻を剝ぎ取られていったのだ。

（なんでこんなことに）

　智祐がそんなことを考えたのは一瞬だった。胸の上の突起を、きゅっと摘まれて、稲妻のような痺れが走る。

「んん、はあっ」

「気持ちよくしてあげますよ」

　身体の奥のどこかに火がつく感覚がした。同時に、頭の中がとろりと蕩けるような感覚も。貴宮の愛撫が、智祐から理性と戸惑いを奪い去ってゆく。自分はこんな簡単に他人に身体を許すような人間だったろうか。心臓がどきどきして、恥ずかしくて、裸にされたことが情けなくて、もうよくわからない。

「き、みやさ……、待て、まっ……」

「待ちません」

「ん、ふうっ」

　ちゅうっ、と乳首を口に含まれて吸われる。その瞬間、身体の中を甘い快感が駆け抜けていった。それは徐々に全身に広がり、じっとしていることが難しくなる。小さな突起はたちまち、つん、と尖って、ぷっくりと膨らんだ。それを貴宮の舌先がくりくりと舐め転がしていく。

「…っ、ん、あ、ああ…っ」

　刺激が断続的に生まれて、身体に染みこんでいった。貴宮を押しのけようにも、身体に全然力が入らない。

「だ…めだ、あっ、そこ、だめっ……」

「本当だ。すごく敏感ですね。もうコリコリになっている」

卑猥なことを言われ、智祐の全身がカアッと熱くなった。乳首は執拗に舐め上げられ、しゃぶられ、ねぶられていく。だんだんと腰の奥がたまらなくなって、智祐の尻が浮いた。だが、彼はまだそちらに触れる気はないようだった。

（俺、何を考えて）

これではまるで、貴宮に触ってもらうのを待っているようではないか。

けれど智祐の両脚は震え、腰はびくっ、びくっ、と小さく跳ねている。時折、股間のものが貴宮の身体のどこかに触れるのだが、そのたびに智祐の口から声が漏れた。

「今度はこっちです」

「ふあ、ああっ」

反対側の乳首にも舌が這わせられる。時々、少し強めに吸われてしまうと、痛みにも似た快感が全身を貫いた。

「んん、んくうう」

乳首と腰の奥の感覚は繋がっている。そのことを、智祐は真尋に触れられた時に初めて知った。

「あっ、あ！」

乳首に歯を立てられて、そこに痛みが走る。

「何を考えているんですか？」

「……んっ、ふううっ……、ン」

きつく虐められた後で、舌先でそっと舐め上げられると、身体中がぞくぞくとわななく。

「俺としている時は、俺のことだけ考えてください」

「な、なん、でっ……」

「何故って、ヤキモチを焼くからに決まっているでしょう？」

ヤキモチ。どうして。貴宮は俺のことが好きだとでも言うのか。きまぐれに手を出してみた、という行為ではないのか。

「あなたは可愛いですから」

「っ！」

智祐は身体をひっくり返された。そして両手を後ろに纏められたかと思うと、貴宮は自分のベルトを外し、それで智祐の手首を一纏めに拘束してしまう。

「な、何を…っ！」

「これで、嫌でも俺のことを考えるようになるでしょう？」

腰を持ち上げられてしまうと、智祐は貴宮に向かって尻を突き出すような恥ずかしい格好をとらされた。腕の自由を奪われているので、肩だけで自重を支える形になってしまう。

「ああ……っ」

「素敵な格好ですね」

恥ずかしさがカアッと身を焼いた。後ろから双丘を押し開かれて、密(ひそ)やかに息づく窄(すぼ)まりが露(あら)わにされる。

「真尋とは最後までしたんですか?」

「……っ」

あまりの恥ずかしさに答えられずにいると、貴宮の平手が智祐の尻たぶを打った。ばしん、という乾(かわ)いた音が響く。

「んあぁっ」

「答えなさい」

「し、してなっ…、ゆび、だけでっ……」

打たれた尻が熱かった。いつも優しい貴宮に打擲(ちょうちゃく)されたというショックで涙が溢(あふ)れてきたが、脚の間はそれとは裏腹に昂(たか)ぶっていた。彼の目の前に晒(さら)された肉環も、ひくひくと蠢(うごめ)いている。

「なるほど。まだ処女(しょじょ)というわけですか」

「ふ、う…んっ、ん……っ」

叩かれた場所を優しく撫でられた。貴宮の指先は智祐の脚の間で震えているものを、そっと撫(な)でる。

「んあああ……っ」

ぞく、ぞく、と快楽の波が背中を流れる。思わず腰を揺らしてしまうと、背後で彼が笑う気配がして、愛撫が引いた。

「ここは後でたっぷりとあげますから、まずはこっちでイってってください」

「―――ああっ⁉」

ぴちゃり、と後ろに熱く濡れた感触を与えられる。舐められているのだ、とすぐにはわからなかった。けれどそこを何度も上下する弾力のある感触は、間違いなく人の舌のものだ。

「～～っ、ああ―――…っ」

そんなところを舐めないでくれ、と智祐は哀願しようとしたが、口から出るのは切羽詰まった喘ぎだけだ。貴宮の舌は肉環をこじ開けてきて、入り口近くの粘膜をちろちろと舐め回している。

「ん、あ、ア、……っ、ふ、う…っ」

もどかしいのか、くすぐったいのかわからなかった。ただ、彼の舌でそこを蕩かされる毎に、膝の力が抜け落ちそうになる。膝がシーツを滑り、腰が下がっていくと、彼は智祐の尻を容赦なく叩いた。智祐はその度に悲鳴を上げ、身体を熱くする。

「智祐さん、尻を叩かれて興奮していますか？」

「ち、ちが、あっ、あ……っ」

断じて違う。そう言いたいのに、身体が言うことを聞かなかった。股間の肉茎はめいっぱいそり返って、先端から愛液を滴らせている。その濡れた部分を、貴宮が指先で弄った。

「あんんん、んん」

「ここをこんなにずぶ濡れにして」

剝き出しになった鋭敏な場所を、指の腹でくりゅくりゅと撫で回される。

「んああ、ああっ」

強い刺激が与えられて、智祐は喜悦の声を上げた。だがもう少しでイく、というところで貴宮はやめてしまう。

「んん、アっ、やめな、……っ」

やめないでくれ、と言ってしまうのをかろうじて留めた。後ろをくすぐっていた指が何かの意図をもって肉環をまさぐってくる。智祐は目を見開いた。

「あ、やっ、~~~っ」

貴宮の長い指が潜り込んでくる。まだ慣れない肉洞を慎重にかき分けて、奥へと進んでいった。

「っ、はっ、あ……っ」

「ぎこちなく俺の指をおしゃぶりするのが、とっても可愛いですよ」

「っあっあっ、う、動かさなっ……」

奥でくにくにと指が動くと、なんとも言えない愉悦のような感覚が込み上げてきた。この間、真尋によって覚え込まされたものだ。智祐の肉洞は再び訪れた快楽を悦び、甘い痺れを全身に

広げていく。

「気持ちいいことはもう知っているようですね。腰が動いてきた」

「ああ……、や、うう…んんっ」

ぐち、ぐち、と奥からいやらしい音が響いてくる。媚肉が彼の指に絡みついて、しゃぶっているのがわかった。恥ずかしい。でも止められない。

「ここはもう少し練習が必要みたいですね。では今日はここでイってみましょうか」

「ううっ」

貴宮の指は前後に動いたり、奥で小刻みに動いたりして智祐を責め立てた。快感が次第に大きくなって、智祐の中で膨れ上がった。あと少しでぱちんと弾けてしまう。そうしたら、あの途轍もなく気持ちのいい感覚がやってくるのだ。

「い…っ、ああっ、やだ、ダメに、なるっ」

「ダメになっていいんですよ。ほら、中が震えてきてる」

「ああっ…！　そん、なっ、あっ！　そ、そこ……っ」

内部に特に弱い場所があって、そこを押し潰すように虐められると、頭の中が真っ白になった。快感は前のものにも伝わり、智祐の屹立がぴくぴくと震え出す。もう我慢ができない。恥ずかしい姿で、縛られたまま達してしまう。

「く、ふ、ううんんっ、んあ、あっ、…あ――…っ」

下腹の奥で快感が爆発して、あられもない声を上げながら後ろだけで極めてしまう。尻での絶頂は、頭がくらくらするほどにすごかった。

「上手にイけるんですね」

「は……っ」

後ろから指が引き抜かれる。智祐は力を失ってしまい、ベッドの上にずるずると頽れた。イってしまうと、しばらく動けなくなる。すると両脚を持ち上げられ、智祐は上を向かされた。

「まだ俺を挿れるには、もう少し練習が必要ですね。こちらを貸してください」

「ひっ」

太腿の間に熱いものが挟まれる。貴宮は智祐の両脚を閉じさせた状態で、自身の男根をその間に入れてきた。

「んっ……んっ！」

ずりゅ、と腰が動かされる。熱棒が会陰と双果、そして肉茎の裏側を強く擦ってきて、得も言われぬ快楽が込み上げてきた。

「は、はああ、あっ、…やっ、変なとこ、擦れ…て…っ」

「素股もけっこう気持ちいいでしょう？」

ずちゅ、ずちゅ、と貴宮が腰を使う度に、下半身から生まれる快感で頭がぼうっとなる。腕は拘束されたままで、何一つ抵抗できないまま好き放題されているという事実。けれどそれが、智祐をひどく興奮させていた。

「あ、ア…っ、お、おれ、なんで、こんな」

「智祐さんには才能があるんですよ……。初めて見た時から思っていました」

いったい何の才能なんだ。けれどそれを尋ねる余裕は智祐にはなかった。貴宮のものでそこを擦られる度に、びくっ、びくっ、と身体が跳ねる。敏感な場所を何度も擦られ、たまらなくなって、何度も背を反らした。

「あっ…、あ、だめ、んぁぁあっ！」

とうとう耐えられなくなった智祐は、下肢をがくがくと震わせて達してしまう。その時に太腿にぎゅうっと締めつけられた貴宮も低く呻いて射精した。智祐の下腹に、二人分の精が放たれた。

「は…っ、は……っ」

「ふう…、とても可愛かったですよ、智祐さん」

両手を拘束していたベルトをとり、腹の上の精液の後始末をして、貴宮は智祐の額にちゅう、とキスしてきた。

「今度は、挿れさせていただきますね」

「ん……っ」

まだぼうっとした頭で智祐は考える。今度？　次？　次があるということか？　というか、貴宮は何のために俺を……？

（真尋といい、もしかしてこの世界ではこういうのは当たり前なんだろうか。やっぱり俺にはよくわからない……）

　慣れない行為でくったりした智祐は、急激に襲い来る睡魔にそのまま意識を落としてしまった。


　貴宮の家であんなことになり、そのまま寝てしまった次の日は定休日だった。貴宮は送ってくれると言ったのだが、智祐はそれを固辞して彼の家を出る。まだ午前中の歌舞伎町は人通りも少なく静かで、夜の喧噪とはまるで違う顔を見せていた。

　家に戻ると、やっとのことで着替えをして、オーダーメイドのスーツから楽な部屋着になった。智祐は灯りもつけずにベッドに倒れ込む。すると素面に戻った頭の中に、昨夜の行為がなだれ込んできた。

　あんな格好で、身体中好きにされて、あまつさえまた後ろでイってしまった。

「……ううっ！」

　いてもたってもいられず、枕の下に頭を突っ込む。しばらくそうやって自己嫌悪に浸っていたが、やがて空腹を覚えてもそりと起き上がる。

「どうなったって、腹は空くんだな」

それでも買い物に行く気にも作る気にもなれず、デリバリーを頼むかとアプリを開いていると、着信が入った。桜介からだった。

「……」

出ようかどうか一瞬迷い、応答のボタンを押す。すると妙に陽気な、機嫌の良さそうな声が聞こえてきた。

『よう、元気か？　店のほうは順調か？』

「……そんなわけないだろう」

『あれ？　貴宮は順調だって言ってたけどなあ。お前のこと褒めてたぞ。最初は何もわからなくて心配してたけど、最近はよく努力してがんばってるってな』

いきなり、昨日の今日である人物の名前を出されて、智祐の心臓が跳ねた。

『ま、お前の場合、実務能力がどうこうってより、従業員とうまくやってけるかっていうのが問題だろうな』

「俺は、ホストっていうのが本当によくわからないよ」

『なんだ、さっそくなんかあったか？』

大ありだ、と智祐は毒づく。

『理解できないよ。反発してたと思ったら、いきなり距離つめてきたり……』

桜介は電話の向こうでおかしそうに笑った。

『なんだ、うまくやってるじゃねえか』

「やってないよ！　まったく、迷惑してるんだからな。いきなり店押しつけてハワイなんか行くし……」

『でも、お前もそれで助かったろ？　仕事悩んでたんじゃないのか？』

桜介は痛いところをついてきた。確かにあの時、セクハラとパワハラのダブルパンチで滅入っていたのは事実だ。だが今は、セクハラどころの話ではないのだが。

「――うるさいな。それで何か用なのか？」

『いや、特にないな。がんばってるお前をねぎらいたかっただけだ』

「好きでがんばってるわけじゃない！」

『まあまあ。ひとつ教えといてやるよ。あいつらとつき合うコツだ』

桜介は唐突にそう言った。

『お前が持ってる常識とか決め事とか、そんなのはいっぺん全部捨てちまえ。その上で、あいつらとどうつき合いたいかを見ろ』

「――」

『お前はカタいとこあるからな』

誰のせいで固くなったと。そんなふうに言いたくなったが、桜介が今言ったことは、なんとなく今の自分に必要なことのように思えた。

『そのうち余裕が出来たら、こっちに遊びに来いよ。楽しいぞーハワイ』

しゃべりたいことだけしゃべって、桜介からの通話は切れた。

「ったく、何なんだ……」

どっと疲労感を覚えて、智祐はスマホを放り投げる。正直、貴宮とあんなことをした後に、父親と話したくはなかった。

『一度、自分の中の常識や決まり事を全部捨てて』

あんな父親に学ぶことなどないと思っていたが、その言葉は何度も頭の中で回った。

（いや、でも、でも――、やっぱり、おかしいだろ）

とにかく疲れている。今日は休養に充てることにして、智祐は毛布を被って目を閉じた。


「先日は、ちゃんと帰れましたか？」

次の出勤の日、店に行くと、貴宮がそっと近づいて話しかけてきた。

「問題ないよ。大丈夫だ」

智祐は努めて平静に振る舞い、答える。

「それならよかったです。では、また後で」

貴宮はにこりと笑うと、その場から立ち去ろうとした。だがその前に、智祐の手に自分の手をそっと触れさせる。手の甲を指先で撫でられ、その感触に背筋がぞくりとした。

「……っ」

声が出そうになった智祐は唇を噛む。貴宮の後ろ姿を咎めるような目で追うと、彼は振り返って微笑んだ。

「……っはあ」

思わず出たため息は熱を孕んでいた。からかわれているのだろうか。だとしたら、いちいち反応してしまう自分が恨めしい。

「智祐さん」

ふいに呼ばれて顔を上げる。目の前には真尋が立っていた。

「どうしたんですか。なんか顔赤いですけど」

「えっ」

指摘されてびくりとする。

「そんなことない。気のせいだろう」

「……ふうん」

真尋は向こうへ歩いて行く貴宮の背中をちらりと見た。それから急に智祐との距離を詰めてきたかと思うと、キスでもしそうなほどに顔を近づけられた。

「またエッチなことしようね」

「……っ」

目を合わせてそんなことを言われて、智祐は言葉を詰まらせるしかない。真尋は智祐の反応に気をよくしたのか、上機嫌で開店準備に戻る。

（なんだか、かなりややこしいことになってしまったぞ）

二人のホストと関係を持ってしまい、この先が思いやられる。けれど智祐はさらに込み入った事態になってしまうということを、この時まだ知らなかった。


「よう」

「あ……」

その日の営業も無事に終わり、さて帰るかと店を出たところで、待ち構えていたらしい男に声をかけられた。

「……隆弥」

「今帰りか？」

彼は上着のポケットに両手を突っ込んで、人待ち顔だった。

「誰か待ってるのか？　アフターとか？」

「ちげえよ。あんたを待ってたんだよ」

「……俺？」

「そう。これからメシ行かねえ？」

「……」

隆弥がわざわざ智祐を待っていたなんてことが想像できなくて、思わずきょとんとしてしまう。

「……この間のこと、やっぱりまだ怒っているのか」

「ちげーよ！　いや、まあ、その話もしようと思ってたけどよ。とりあえず何か食いに行こうぜ」

「……いいけど、俺でいいのか」

「あんたのために、客とのアフター断ったんだから、来てくれないと困るんだよ」

「そうか。……なら、つき合わないとな」

智祐は隆弥の隣に並ぶ。彼はにやりと笑って、肩を並べて歩き出した。

「どこに行くんだ？」

「俺の好きな店でいいか？」

「いいよ。俺はこの辺りのこと詳しくないからな」

じゃあこっち、と隆弥は智祐を路地へと誘い込む。連れて来られたのは、小さな小料理屋だった。

「ちっす」

「隆弥君らっしゃい。あれ、その人もホスト？」

「この人は、店の新しいオーナー」

「ああそうなのか。じゃあサービスしないとねえ。いらっしゃい」

店はあまり広くないが、席は八割方客で埋まっていて、見た感じ同業者が多そうだった。店は夫婦で切り盛りしているらしく、陽気で人好きのする大将と、しっかりした奥さんとで回しているようだった。

「親父さん、二階空いてる？」

「空いてるよお。今誰もいないんじゃないかな」

「じゃ使わしてもらうね！」

隆弥は智祐を連れて二階に上がった。そちらも席があるが、一階よりゆったりとテーブルなどが配置され、半個室のように壁で仕切られている。席に座ると、隆弥がメニューを差し出してきた。

「何食う？　なんでもうまいけど、天丼かカツ丼がおすすめ」

「じゃあ天丼で」

「俺はカツ丼！」

ちょうどお茶とおしぼりを持って来たおかみさんに注文する。二階は自分たち以外は誰もいなかった。

「いい感じの店だな」

「ここでホスト始めた時から通ってんだよ」

「お客さんとも来るのか？」

そう聞くと、隆弥はまさか、と言って笑った。

「姫とはこんなとこ来ねえよ。基本オシャレなとこ行くだろ。たまにそうでないとこ連れてくと、深い仲になれたって喜ぶ姫もいるけどな」

「なるほど……」

そういうものか、と頷くと、隆弥は頬杖(ほおづえ)をついて智祐を見やる。

「あんた、ほんと何も知らねえんだな」

「最初にそう言っただろう」

「そうじゃなくてさ。ホストのことだけじゃなくて、誰かとつき合ったりとか、そういうこと」

「……確かに、ほとんどなかったかもしれない」

「まじかあ。あの桜介さんの息子なのに」

「だからだ」

奔放に生きる桜介に反目するように、智祐は勉強に勤しみ、公務員試験にも合格した。

「じゃあなんで、今こんなことしてるんだよ」

「職場でパワハラとセクハラに遭って、胃を痛めていたんだ。このままじゃ病むと思っていたんだが、そんな時に親父がハワイに移住するって言い出して、強引にこの店を継がされた」

でも、と智祐は続ける。

「結局のところ、俺は逃げてきたんだと思う。親父がなんと言ったって、前の仕事を続けることはできた」

その時、注文したものが運ばれてきて、二人はしばし無言で料理を食べた。こんなにうまい天丼を食べたのは初めてだった。

「別にさ」

静かに隆弥が言った。

「そんな状況だったら、別に逃げても構わないし、なんなら俺は逃げたとか思わないけどな」

「……」

今、慰められたのだろうか。

まさか隆弥にそんなふうに言ってもらえるとは思わなくて、智祐はじっと彼を見つめた。

「なんだよ」

「今、隆弥がどうして、ナンバーワンなのかわかったような気がする」

「はっ…、あんたチョロすぎ。別にこんなことくらい、誰にでも言えるだろ」

「そうなのか？」

「俺だってそうだぜ」

隆弥は追加で頼んだビールを、ぐいっと飲み干した。

「俺、九州のすげー田舎で生まれたんだけど、それが田舎のクソみたいなところを集約したようなとこでさ……。もう子供の時から、いつか絶対ここから逃げ出してやるって思ってたよ。それで高校の卒業式の次の日に上京した」

「すごい行動力だな」

東京生まれの智祐からは、信じられない様な話だった。

「そりゃもう、何年もずっと算段立ててたからな」

「はじめからホストになりたかったのか？」

「いいや」

彼は首を振った。

「最初はただの割のいいバイトのつもりだった。でもこう……なんつうの？　水が合った？

みたいな」

それでナンバーワンまで登り詰めるのだから、たいしたものだと思った。だが、頂点を極める人間というのは案外そんなものなのかもしれない。自分のような、ただ固い考えで偏っている者は、壁に突き当たった時に身動きがとれなくなる。

自分は彼らが羨ましいのかもしれない。

「桜介さんにはずいぶん世話んなったよ。あの人は俺の目標みたいなもんだ」

「……目標」

「知ってるか？　あの人、現役ん時、誕生日イベントで、一晩で二億売り上げたことあるんだぜ」

「二億⁉」

「やっぱり知らなかったかよ」

智祐は桜介から仕事の話自体をあまり聞いたことがなかった。だが、以前の公務員だった時の智祐では、その内容を理解できなかっただろう。今は少なからず経営に携わっているからこそ、その数字の意味がわかる。

「俺は桜介さんを越えたいと思ってる」

隆弥は真剣な目をしてそう言った。

「次の俺のバースデーイベントで、桜介さんの記録を塗り替えたいんだ」

ハッタリではなく、本当にそう思っているのだろう。高い目標を掲(かか)げる隆弥は、どこか眩(まぶ)しく見えた。

「だからあんたから見て、多少サービスが行きすぎているように見えても、それは理解して欲しい」

「……その話か」

だから隆弥は今日、智祐をここに連れ出したのだろう。

「俺はやっぱり、ああいうやり方には抵抗がある。でもそれは俺個人の感情だから、本来、君達が従う必要性のないものだ」

「……っつっても、この世界、こういうもんだしなあ」

隆弥はため息をつくと、テーブルに両肘(りょうひじ)をついて智祐のほうに、ぐいっと身を乗り出してきた。

「何が嫌なわけ？」

「な、何って……」

「俺が姫達にエロいことすんのが気に食わないの？」

「気に食わないとか、そういう話じゃない。なんだかそういうのは、不誠実(ふせいじつ)な感じがするだけだ」

「ふせいじつ」

隆弥は、智祐の言葉の音を確かめるようにして繰り返した。

「んじゃ聞くけどさ、誠実って何よ?」

「……お互いに信頼し合った相手と、許し合って行為をする……ことかな」

次の瞬間、隆弥はその大きな手で自分の口元を覆った。明らかに笑いを堪えているような仕草だ。

「ええ…、マジやべえ……。今時そういうの、アリかよ」

やっぱり馬鹿にされた。彼らと自分とでは住む世界が違いすぎるのだ。

「めちゃめちゃ可愛いじゃん」

「誰が?」

「あんただよ。智祐さん」

突然、名前で呼ばれて、思わずどきりとした。

「ぶっちゃけ姫達って、俺らの身体目当ての子が多いから、そういうのって新鮮で興奮する」

「……っ、やっぱり、そうなんじゃないか」

女性の欲の対象となり、対価を得ている。

「なんで?」

だが、隆弥はあっけらかんとして答えた。

「別によくね?　俺らだって納得ずくでやってるし」

「……そういうところが、よくわからない」

自分の存在を切り売りしていいわけがない。おそらくこの件に関しては平行線だろう。彼のホストとしての実力は認めるが、それとこれとは別だった。

「ふーーん…」

隆弥は何か言いたげに智祐を見つめる。

「真尋と貴宮さんのことはどうなの？」

「……っ」

智祐は飲んでいたお茶を噴き出しそうになった。顔が赤くなっていくのを止められない。

「な、な、なんでっ……」

いったい何故、彼がそのことを知っている？

「……彼らから聞いたのか」

「いや、見りゃわかんだろ。あんたすげえわかりやすいし。今だってすぐに顔真っ赤になって慌ててるし、多分、気づいてる奴、他にもいると思うぜ」

そんな、と智祐は今度は青ざめる。隆弥はにやりと口の端を引き上げた。

「どうしよう……」

「うちの店、別に店内恋愛禁止じゃねえから、いいと思うけど」

「前にもあったのか？」

「あんま聞いたことねえな。どっちかって言ったら女のほうが好きな奴が多かったし。でもたまに、男同士ってどうなんだって感じで、つき合う奴はいたかな」

というか、あれは恋愛なんだろうか。智祐にはよくわからない。真尋も貴宮も優しくはしてくれたけど、あれはただ欲を満たすだけの行為だったように思う。

「智祐さん」

思いに沈む智祐に、隆弥が声をかけた。

「よくわからねえなら、俺ともしてくれよ」

「え？」

「俺ともエッチなことしてくれって言ってんの」

「……は？」

「そしたら何かしら、わかるかもしれねえだろ」

「い…いやいやそんな、そんな簡単に……！」

驚いた智祐が断ろうとすると、テーブルの上に置いた手に隆弥のそれが重ねられた。智祐の身体がびくりと竦む。彼の指は意味ありげに智祐の手の甲をなぞり、その指先が指の付け根を撫でる。

「……っ！」

たったそれだけで、ぞくん、と何かが走って、智祐の眉が思わず顰められた。隆弥の指先が繰り返しそこをなぞる。その度に腰から背中がぞわぞわとわなないた。

（まずい、この感じ）

二人の男に触れられ、快楽を教えられた智祐は、こういう状態の自分がどんなふうになっているのか、いい加減わかっている。

身体の奥に火をつけられ、それがゆっくりと燃やされようとしていた。

「……いいな、あんた」

隆弥の瞳の奥に、凶暴（きょうぼう）な光がちらちらとまたたいている。彼はそれを隠（かく）そうともしなかった。

だから智祐は、自分が今、彼の捕食対象となっていることをはっきりと自覚してしまう。

「めちゃめちゃ潔癖（けっぺき）ですって顔してるのに、ちょっと触れただけでぐずぐずじゃん。そういうのあざといってわかってる？」

「そ、んな…ことは……」

「この手だって振り払おうと思えば簡単に退けられるだろ。嫌ならなんでそうしないの？」

「……っ」

言葉で詰められて、智祐の喉（のど）がひくりと動いた。

「……からない…」

「ん？」

「わからないんだ、自分でも……っ、どうして、こうなってしまうのか……っ」

真尋も貴宮も、決して力づくで智祐を組み敷いたわけではなかった。けれど彼らの愛撫に、智祐は逆らえなかった。身体中の力が抜けて動けなくなってしまう。

「……時々いるよ。あんたみたいなタイプ」

隆弥の指が動いて、智祐の手の甲を登っていく。スーツの袖口から指先が忍び込み、手首をそっとなぞられた。

「こういうことに興味津々(きょうみしんしん)なくせに、自分でそれを認められないタイプ。そういう奴らは総じてめちゃめちゃエロいんだけど…逆だな。もともとエロいから、そうやって壁作って拒否(きょひ)ってるんだ」

「――――」

智祐はやはり動けなかった。これまで考えてもみなかったことを指摘されて、呆然(ぼうぜん)と彼を見つめる。

「だから、俺と試してみようぜ」

隆弥の手が伸びてきて、智祐の首筋を掴む。そのまま引き寄せられて、身を乗り出した隆弥にキスをされた。

「先にシャワー浴びる？」

問いかけられて、智祐は首を横に振った。あのまま雰囲気に流されて、結局ホテルまで来てしまった。隆弥は慣れたように行動の一切にためらいがない。

「そう。じゃ、俺先に入ってくるから。――逃げるなよ？」

隆弥がバスルームに入っていくと、智祐はため息をついてベッドに腰を降ろした。

（いいんだろうか、こんなこと）

店を任されるようになってから、自分の倫理観がどんどん変わっていくような気がする。それはあまりにもめまぐるしくて、智祐は自身でその変化についていけてない。そもそも、どうして逃げずにこんなところまでついてきたのだろう。

（やっぱり、隆弥の言っていたとおりなんだろうか）

そんなことをつらつらと考えていると、隆弥が浴室から出てきた。

「お、逃げ出さずに待ってたな」

「……別に逃げたりしない」

むっとして顔を上げる。そして湯上がりの彼の姿をまともに見てしまい、心臓が跳ね上がった。よく鍛えられた無駄な肉のない肉体は、いかにもこれから起こることを連想させてしまう。

彼はそんな智祐の内心などわかっているように、にっ、と笑って見せる。

「……入ってくる」

智祐は隆弥の脇をすり抜け、逃げるようにバスルームへ入った。服を脱いで浴室に入ると、彼が使ったソープの香りが鼻をくすぐる。妙に念入りに身体を洗ってしまい、それが意味することに、わけもなく恥ずかしくなった。

「おせーじゃん。もう少しで乱入しようかと思った」

部屋に戻ると、彼はテレビを見ていたところだった。智祐が戻ってきたのを見てリモコンで消す。

「よし、おいで」

両手を開いて伸ばされ、智祐は無言でベッドの上の隆弥に近づいた。手を引かれ、ベッドの上に組み敷かれる。ガウンの帯を解かれて、肌が露わになる瞬間、智祐は耐えられずに顔を背けた。

「綺麗な身体してるじゃん」

「あまり、見るな」

「なんで。これからもっと見るよ」

恥ずかしいところも全部晒して見ると宣言され、智祐は羞恥に身を竦めた。すると顎を捕らえられて唇を奪われる。

「……んっ！」

「もっとエロく口開けて」

エロく？　どうすればいいんだ？

智祐はわからないながらも、必死で舌を突き出し、彼のそれと絡めようとした。真尋も貴宮もそうだったが、彼らはとにかくキスが巧みだ。口の中も立派な性感帯なんだと、智祐はここ最近で思い知らされた。上顎の裏が特に弱くて、そこを舌先でくすぐられると、すぐにダメになってしまう。

「んっ、っ、……っ」

ひくん、ひくん、と身体がわなないて、鼻から抜けるように甘く呻く。

「もう勃ってんじゃん」

「ん、ひっ」

脚の間のものを、きゅうっと握られ、情けない悲鳴を漏らしてしまった。根元から扱かれると両脚が、じん、と痺れる。

「ううっ、……あ…っ」

「もう濡れてる。…は、やらしい」

卑猥だと指摘されて、恥ずかしくて死にそうになる。肉茎を扱かれながら胸の突起を舐められて、全身が、びくんっとわななないた。

「ああ、あっ」

そこは弱かった。こんなに小さな突起なのに、舌先で転がされ、吸われると、そこも、じん、と痺れそうになる。どこかもどかしくて、くすぐったいような甘い刺激。

「くう、う、あ、あ……っ」

「めちゃめちゃ敏感じゃん、ここ」

「そ、な、ことない……っ」

無駄なことだとわかっているのに、智祐は強がった。そんなことは男の嗜虐心を煽るだけだというのに。もともと敏感だったが、二度の行為でさらに感度を増してしまった乳首を、隆弥の舌で弾くように刺激される。

「ふ、ぅんっ、んっ」

「かーわいい……。こりゃ虐めたくなるわ。乳首でイってみるか？」

「あっ、やだ、やっ……」

もう片方の乳首も指で摘まれてコリコリと揉まれ、刺激が倍になって襲ってくる。

（う、そだ、こんな）

そこへの快感は、もう耐えられないほどになっていた。舐められ、指先で刺激される毎に腰の奥に引き攣れるような感覚が走り、肉茎にも同時に刺激が伝わる。

「は、あっ…、あぁっ」

智祐は反り返り、力の入らない指でシーツを掻きむしった。

「ま、待てっ…、へん、だから、そこっ」

「変じゃねえって。感じてるだけだ。ほら、もっと可愛がってやるから……」

ぢゅう、と音を立てて突起をしゃぶられ、もう片方も指で押し潰すように刺激される。すると意識が痺れるように気持ちよくなった。

「あっ、あ！　ああ……んんっ」

身体の奥が切なくなる。ダメだ。そんなことを口走っていたかもしれない。足がピン、と伸びて、指が快楽のあまり、ぎゅうっと内側にまるまった。

「ん、あ、…っああぁああ」

胸の先がとてつもなく気持ちがいい。快感がそこで弾けて、身体中に広がっていく。

「い、いく、いくっ…！」

腰を浮かせながら、智祐は絶頂に達してしまった。どぷっ、と肉茎の先端から白蜜が弾けて下腹を汚す。初めての乳首での極みに、頭がくらくらした。

「イけたな。えらいえらい」

ご褒美のようにキスを与えられる。智祐は、はあはあと喘ぎながら彼に舌を吸われた。

「こっち中途半端になってごめんな。後ろと一緒にしてやるから」

「えっ…、や、んあ、ああぁあ…っ」

愛液で濡れた肉茎をまた扱かれ、今度はわかりやすい快楽が込み上げる。

「裏筋好きか？　……ここ擦ってやると、後ろがヒクヒク締まるな」

「や…あっ、やああ…っ」

大きく開かされた両脚の間に隆弥が陣取っているせいで、恥ずかしい部分が丸見えになっていた。すでに他の男によって快楽を知っているそこは、肉茎への刺激を受けて、いやらしく収縮する。

「後ろでイったことあんのか?」

「ひうっ」

肉環をこじ開けて隆弥の指が入ってきた。慎重に奥を目指していくそれに、智祐の内壁が絡みつく。粘膜を擦られ、腰から背中へとぞくぞくと官能の波が走る。何より、前と後ろを同時に嬲られるのが我慢できなかった。微妙に異なる快感が混ざり合い、どう受け止めたらいいのかわからなくなる。

「返事は?」

内部で指が、ぐりっと回った。同時に肉茎の先端を指の腹で虐められ、智祐の口から悲鳴が漏れる。

「ひいっ、いっ、……っ、あ、あ…る…っ」

「へえ、そうなんだ。それなのに、いつもそんな顔してるのかよ」

隆弥の指は巧みに智祐の中の弱い場所を探り当て、押し潰すように刺激してきた。

「――――…っ！　ん、あ…あ！」

二度目の絶頂。それはさっきのよりも深く長かった。智祐は隆弥の指を強く締めつけ、彼の手の中で白蜜を噴き上げる。

「～～～っ」

智祐はしばらくの間、腰をがくがくと痙攣させていた。こんなに簡単に、イってしまう姿を見せてしまうなんて。

「すげえなあ……。エッチじゃん」

耳に聞こえる彼の昂ぶったような声。ふと目を開けてみると、そこには隆弥の怒張が天を仰いでいた。

「挿れてもいい？」

「まっ…、待て」

挿入の体勢に組み敷いてくる彼を、智祐は力の入らない腕で押し留める。

「あ、の、俺まだ、そこまで…は……っ」

「は？」

「だから、まだそれは挿れられたことがなく、て……」

羞恥に耐えながら必死で言い募る。隆弥はしばらくきょとんとしていたが、やがて得心したように、ああ、と頷いた。

「え、じゃあんた、前戯だけで、ここまでスケベになったってこと？」

「そんなこと、言うなっ…！」

智祐は真っ赤になって言い返す。そんなことを面と向かって言われたくはなかった。だが隆弥は悪い悪いと笑いながら、智祐の額にキスしてくる。

「いいじゃん。才能あるってことだし。けど、そしたらもう挿れても大丈夫なんじゃね？」

「いや…でも……」

目の前の偉容を目にすると、さすがに怖じ気づいてしまう。

けれど隆弥は、もう挿れると決めてしまったようだった。智祐の両腕を押さえつけ、受け入れる体勢をとらせると、後孔の入り口にぴたりと男根の先端を当てる。

「ひっ」

「大丈夫。楽にしてな」

そう言われても、どれが楽な体勢なのかわからない。戸惑っている間に、ずぶり、とそれが挿入ってきた。

「んく、う、あ…っ」

指とは比べものにならないほどの質量と熱が、智祐の内部を押し開いていく。

「は、あっ！　あっ」

「ゆっくり息してな」

「やっ、お…大きぃ……っ」

「そりゃ指と比べりゃな」

思ったほどの痛みはないが、やはり圧迫感があって苦しい。けれどその中にも、じわりと込み上げてくる快感があった。血流と同期してずくずくと疼き、乱れた呼吸の中に、甘い喘ぎが混ざる。

「ん、んう……っあ、あ…っ」

とうとう男のものを受け入れてしまった。けれど、いままでの行為もセックスとなんら変わりないのではないだろうか。経営者の立場でありながら、三人の従業員と関係を持ってしまうなんて。

けれどその背徳感は、この時の智祐をひどく興奮させた。いけないことをしている。それも、智祐がこれまでいた世界では見たことがなかった魅惑的な男達と。

「もうちっと力抜いて……、そう…、うわっ！」

「んあっ、あっあっ！」

どうしていいかわからず、隆弥の言う通りにしていると、いきなり互いのタイミングが合って、奥まで挿入ってしまった。その時、隆弥の先端に、ぐいっと突かれて、全身が快感に跳ねる。真尋と貴宮、そして隆弥によって丹念に解されてしまった肉洞が、初めて男のものを受け入れて震えている。

「おしっ…動くからな」

「ん、んう～～っ、ああっ、そこ、擦られる…と……っ」

彼の張り出した部分で、弱い場所を抉られるのが泣きたくなるほど気持ちがいい。

「うん…、ここだろ？　すげえ締まって、俺もイイわ」

「あ、ううんっ、あっ、あっ、……ふあぁあぁ……っ！」

全身を波打たせるように悶えて、智祐は顔の横のシーツを掴んだ。腹の奥から、これまでとは桁違いの快感が込み上げてくる。

「はう、んあああ…っ、や、だ、これ、だめ……っ！」

「ダメじゃねえ。気持ちいい、だろ？」

隆弥の息も荒い。彼もまた夢中になって智祐を貪っていた。共に駆け上がっていっている感覚がして、それがどこか嬉しい。

（どくどく、いってる）

隆弥の脈動が自分のそれと重なる。互いの限界が熔けて、そして弾けた。内奥に注がれる彼の迸り。

「――――んあぁあぁあ……っ！」

「……っ！」

息が止まるかと思った。絶頂の快感に全身が緊張し、ぶるぶると震える。わないている唇に、隆弥のそれが重ねられた。

「ん、う、う……！」

少し苦しい。けれどそれが悦(よろこ)びでもあった。身体を支配していた快楽が徐々に退いていき、それと同時に力が抜けていく。唇が離れた瞬間、止まっていた呼吸が再開した。

「は…あっ、はあっ……」

「ふう……っ」

隆弥もまた大きく息をつく。

「あー…、よかった。まだ入ってたい。でもこれくらいにしないとな」

名残惜(なごりお)しげな言葉を残して、ずるり、と男根が引き抜かれていく。その感覚にも感じてしまい、少し声が漏れた。

「んっ……」

抜かれると、注がれたものが窄(すぼ)まりから溢れてくる。その生々(なまなま)しさに震えた。

「どう？　処女喪失(しょじょそうしつ)した感想は」

「……わけが、わからなかった」

「わけわかんなくなるくらい気持ちよかったってこと？」

「うるさい」

なんだか嬉しそうに覗(のぞ)き込んでくるので、力の入らない腕で押しのける。

「次はもーっとよくしてやるよ」

次。

隆弥もそうだ。彼らは皆、智祐との次の行為を口にする。

（……一度に三人となんて、俺、どうなるんだ？）

そのことに今更気がついて、智祐は愕然とする。連日こんなことをしていたら、身体が保ちそうにない。

「風呂入るか？　洗ってやるけど」

「いい。……一人でできる」

智祐は起き上がってベッドを降りた。だが床に足をつけた途端、かくん、と膝が折れる。

「え……？」

そのままぺたんと床に座り込んでしまって、呆然とした。下半身がまったく言うことを聞かない。まさかそんな。

「腰が抜けてんだろ」

次の瞬間、抱き上げられ、バスルームまで連れて行かれる。

「お、下ろせ」

「下ろしたって歩けねえじゃん」

彼の言う通りだった。今の智祐はまともに歩くことすらできない。情けなさに唇を嚙む。

「初めてだったんだ。無理ねえだろ」

隆弥はそんな智祐を笑うことなく、バスルームの椅子に丁寧に下ろし、身体を洗ってくれた。そしていいと言っているのに、中の精までかき出されて、智祐はまた喘がされてしまったのだった。

智祐が『PRINCESS GANG』のオーナーになってから三ヶ月が経過した。夜の仕事にも少し慣れ、ホスト達とは相変わらず距離を感じるが、智祐なりの真面目な姿勢はちゃんと見られていたようだった。最初の頃よりはスムースに業務が運んでいるのを感じられる。

『彼ら』とは、あれ以来、誰とも肌を触れ合わせていない。顔を合わせれば普通に会話をするし、貴宮とは経営のことでよく打ち合わせもするが、あれから色っぽい雰囲気になったことはなかった。オフィスや店で二人きりになってもそうだ。

（あれ一度きりで飽きられたか）

智祐にとってとんでもない経験だった行為は、もう一度したいかと問われれば二の足を踏んでしまうものだ。恥ずかしくて情けなくて、自分が自分でなくなるような。

ただ、それと同時にどこか解放感のようなものを感じていたのも事実だ。そして、誰かと肌を合わせるのは心地よい。

最中の時は、自分が必要とされているように感じた。

（期待しているなんて、浅ましいな）

彼らがもうあれきりでいいというのならそれでいい。店が円滑に回ってくれるなら、それ以上望むことはないではないか。

一抹の寂しさを覚えつつも、忘れようと努めていたその日。

フロアでは、ちょっとした騒ぎが起こっていた。

今日、三回目のシャンパンコールだ。それも同じテーブルから。

（ずいぶん羽振りのいい客がいるんだな）

そう思った時、貴宮に声をかけられる。

「智祐さん、あのお客様に挨拶をお願いします」

示された席には三十代後半くらいの客がいた。長い髪をセンスよく結い上げ、一目でハイブランドのものとわかる上質なワイン色のワンピースを纏っている。華奢な指を彩る指輪やネックレスは、さりげないが相当の値段はするだろう。どこからどう見ても、ハイクラスにいる人間だった。

「隆弥のお客様です。太客ですよ」

それは見ればわかる。彼女は隣に隆弥や他のホスト達を侍らせて気分良さそうに飲んでいた。真尋もヘルプに入っている。ＶＩＰ待遇だ。

らいしか来ません。けれどその度にとんでもない額を落としていきます」

「沙織さんといいます。貿易の会社を経営していて、海外にいることが多く、年に二、三回く

「……わかった」

そんな客相手に粗相は許されない。智祐は微妙に緊張しながら、そのテーブルに近づいていく。

「いらっしゃいませ。こんばんは」

「あら」

彼女は智祐に気づくと、顔を上げて笑いかけた。

「オーナーさんが変わったって聞いたけど、ずいぶんお若いのね。あなたより年下なんじゃない？」

後半は隆弥に向けた言葉だった。沙織がくわえた煙草にライターで火をつけながら隆弥が答える。

「三つ下です」

「そうよね。ねえ、よかったらお座りになって。お話したいわ」

智祐は戸惑って貴宮を見た。彼が頷くのを見て、失礼します、と沙織の向かいのシートに座る。接客の経験などないが、ここはやるしかない。

「オーナーさん、お名前は？　――ああ、ぜひ飲んでちょうだい。三本も入れたけれど、

飲み切れないもの」

　真尋が智祐の前にグラスを置いた。細長いグラスに金色のシャンパンが注がれる。

「ありがとうございます。藤澤智祐です」

「藤澤？　前のオーナーさんと同じ名前よね。もしかして息子さん？」

「はい」

「へえ、あの桜介さんにこんな可愛らしい息子さんがいたのね！」

　飲んで飲んで、と促され、智祐はシャンパングラスを傾ける。こんな高級な酒は飲んだことがなかった。さすが口当たりがいい。

「なかなかイケる口じゃない」

　どんどんついで、と促され、真尋がまた智祐のグラスを満たす。ちらり、とこちらを見る目は少し心配そうな色を浮かべていた。

「沙織さん、彼はホスト出身じゃないから、あんまりこういう席は慣れてないんだ」

「あらいいじゃない。初な感じが可愛いわ。あなたと違って」

「俺が初だったら、つまらないくせに？」

　意味ありげな笑いが二人の間で起こる。それを目にした時、智祐は胸の中がもやもやするのを感じた。隆弥はホストとしてプロの接客をしているだけだ。時として客とそういうことになるのもありなのだろう。けれど、たった一度の行為で放り出された身としては、何も感じるなというほうが無理だ。

「前は何をなさっていたの？」

「公務員をしていました」

「ええっ、畑違いなんてものじゃないじゃない！」

沙織は大層驚いたようだった。智祐がぎこちなく笑うと、またグラスが満たされる。

「智祐さん、大丈夫ですか？」

「大丈夫だ」

真尋が小声で聞いてくるのに、頷いて答える。ここでみっともない姿を見せるわけにはいかない。

高価なシャンパンを水のように飲み干し、智祐はその夜、見事に酔い潰れたのだった。

額にひやりとした感触を得てふと目を開ける。視界に薔薇の模様が描かれた天井が目に入った。

（俺の部屋じゃない）

これは一体どういう状況だろう。まだぼんやりする頭で記憶を掘り起こしてみた。そうだ。

今日は出勤してから、客のテーブルについて、そこでしこたま飲まされて――――。

「あ、目ぇ覚めました？」

ひょこ、と真尋の顔が見える。

「！」

智祐は慌てて起き上がろうとした。が、肩を掴まれて引き戻される。

「まだ寝てろって」

智祐を寝かせたのは隆弥だった。そこで初めて気がついたが、ここはどこかのホテルらしい。

「気分は悪くないですか？」

額には冷たい濡れタオルが当てられている。それに触れて尋ねてきたのは貴宮だった。

智祐と肌を重ねた男達がここにいる。

「俺、どうなって……？」

「沙織さんに潰されたんですよ」

真尋が気遣わしげにそう言った。智祐は自分が失態を犯したことを知る。

「しまった……。やばい」

「気にしなくていいぞ。あの人、最初っからあんたのこと潰す気だったし、ホストが店で酔い潰れるなんて、めずらしくねえから」

「いいお客様なんですが、そういうところありますからね、彼女」

隆弥と貴宮がフォローするように言った。

「おもしろかったって言って帰ったから、上出来なんじゃねえの」

「そうなのか……？」

「すみません、智祐さん。シャンパンだから、水で薄めることもできなくて」

謝る真尋に、智祐は首を振った。

「いや、いい酒だからか、思ったより残らない感じだ。大丈夫」

まだ酔いは残っていたが、寝てしまったからか、だいぶマシになっていた。智祐はそろりと身体を起こすと、貴宮が渡してくれたミネラルウォーターを飲む。

「君達が運んでくれたのか？」

「そうです」

「そうか……。迷惑かけたな。すまなかった。精算はしておくから、君達も早く帰ったほうがいい」

ふらつきながらベッドから降りようとすると、目の前に立っていた貴宮に、とん、と胸を押された。すると智祐は、いとも簡単にまた倒れ込んでしまう。

「何を……」

「智祐さんは、俺達のことをどう思っていますか？」

「どうって」

「俺、けっこう本気だったんだけどなあ。なのに智祐さんが貴宮さんとも隆弥さんとも、そういうことしてたって聞いて、割とショックだったんですけど」

　真尋の言葉に軽く息を呑む。

「俺も、真尋とのことはともかくとして、その後に隆弥としてたっていうのは意外でしたね」

「俺はその後に、あんたが何でもないような顔をしてたから、ねえわって思った。なかったことにする気かよ」

　三人とも、まるで抗議するような口ぶりだった。そんなことを言われても、と智祐は困惑する。それぞれが持つ手管で、何もわからなかった智祐を籠絡するように、快楽に沈めたのは彼らではないか。それなのに、まるで自分だけが不誠実なように言われるのは納得ができなかった。

「か――勝手なことを言わないでくれ」

　思わず、憤ったような口調で言ってしまう。

「君達だって、俺を自分たちの客みたいに思っているんじゃないのか。だからあんなことができたんだろう。お客さんと深い仲になることはもう咎めない。だけど、同じことを俺に求めるのはやめてくれ」

　一気に言ってしまってから、感情が昂ぶったせいで少し涙ぐんでしまった。それを彼らに見られたくなくて乱暴に顔を拭う。

彼らは少し唖然としていたようだったが、やがて隆弥が口を開いた。

「同じなんて、あるわけねえだろ」

「仕事でするエッチと、ペライベートなエッチは違いますよね」

「それはもうわかってくださると思っていたんですが」

「わかるわけないだろう!」

智祐は今度こそ声を荒げてしまった。

「やっぱり君達は、倫理観がどこかおかしい。今回のことで、やっぱり俺達はわかりあえないと思った。もう忘れるから、君達も俺とのことは忘れてくれ!」

その時、空気が変わったような気がした。ぴりっ、と張りつめたような、まるで彼らが、そう、怒っているような——。

「……ったま来た」

「これは、わからせてあげる必要があるみたいですね」

「言ってダメなら身体に教える、って感じ?」

「え……、え?」

彼らがどうして怒ったのか。それは自分が生意気なことを言ったからだと思った。けれど今回は、彼らの特殊な接客サービスを否定していないはずだ。

「俺は、あんたと本当にセックスしたいって思ったんだよ。それ否定されんのは気にいらねえ」

「俺も。ていうか、俺が一番最初に目えつけたんですけど」

「真尋の慧眼には畏れ入るけれど、俺も智祐さんを最初に見た時から、可愛いと思っていたのでね」

そこは譲れないな、と貴宮が言った。

「どうするつもりだ⁉　まさか、三人――――」

「そのまさかっすよ」

「三人がかりで抱いてやる」

「まあ、最初からそのつもりでしたけどね」

智祐はさっき、ホストの倫理観をなじったが、今言われたようなことは思ってもみなかった。

「そんなこと、できるわけない」

「できるぜ？　まあ、さすがに三人同時挿入とかは無理だけど」

「三人同時愛撫はできますね」

彼らは口々に恐ろしいことを告げた。彼ら一人を相手にするだけでも、あんな痴態を繰り広げてしまうのに、三人同時にされたらどんなことになるのか。それを想像して、智祐は震え、そして愕然とした。その震えは、官能の震えだったからだ。

「――――っ」

智祐はものも言わずにベッドの上から逃げだそうとする。だがそれはいとも簡単に封じられた。

「いい加減、観念したほうがいいですよ。隆弥、腕押さえて」

「了解」

「やっ、やめっ……！」

上着とネクタイは脱がされていたので、上半身はもうシャツのみだった。そのボタンを、貴宮に易々と外される。智祐のなだらかな胸や引き締まった腹部が晒された。

「俺はこっち脱がしますね」

真尋の手がベルトを外し、ズボンを脱がせてくる。

「やめろこんなのっ…！　輪姦じゃないか！」

「愛ある輪姦なので大丈夫っす！」

「大丈夫じゃない！」

智祐は足をばたつかせた。けれどそれも押さえつけられてしまって、靴下と、そしてとうとう下着までも脱がされてしまう。

「ああっ…！」

絶望感に顔を背けた。凄まじい羞恥が込み上げてきて、きつく目を瞑る。

「こっち向けよ」

「やっ…、んん――…っ！」

　強引に顎を捕らえて口を塞いできたのは隆弥だった。彼は智祐の唇を強引にこじ開け、舌を捻じ込んでくる。反応するまいとしたのに、彼の巧みな動きをする舌に口中を舐め上げられると力が抜けてしまう。

「……っ…！」

　どうして反応してしまうんだ。

　智祐は自分の浅ましい身体が恨めしかった。俺はもしかして、淫乱という奴なのだろうか。

　激しく惑乱する智祐に、さらなる不埒な手が迫った。真尋の手が素肌を這っていく。

「前も思ったけど、智祐さんの肌ってすげー気持ちいいっすよね」

「んんっ……、んっ、あっ！」

　ようやく口を解放されて、短い声が漏れてしまった。けれど一息つく間もなく、次の手に捕らえられる。

「あなたの口の中はおいしい」

「んうっ」

　貴宮が深く口づけてきた。敏感な上顎の裏を舐められると、身体が勝手にびくびくしてしまう。誰かの指に乳首を捕らえられ、腰の中心に、ずくん、と衝撃が走った。

「ふうっ、ん、んん……っ」

「すぐ固くなるんだよ。この乳首」

「貴宮さんと隆弥さんとで、ずいぶん開発しちゃったんですよね」

「まあそう言うなって。まだまだ開発のしがいはあるぜ」

人の身体なのに、真尋と隆弥は好き勝手なことを言っている。

「あう……んんっ」

それなのに、敏感な胸の突起は勝手に反応した。悔しいが隆弥の言う通り、指で転がされただけで刺激を快楽と感じ、ぷっくりと膨らんでくる。真尋が乳首を弄りながら、智祐の脇腹や臍の周りに舌を這わせてきた。種類の異なる刺激を同時に与えられて、どうしたらいいのかわからなくなる。

「んっ…、あっ、んーっ」

三人はまるで打ち合わせでもしていたかのように、絶妙に智祐を責めた。いつの間にか乳首には隆弥と貴宮が陣取り、左右のそれぞれを舌先で転がしている。真尋には脚を大きく広げられ、柔らかい内腿に舌を這わせられていた。

「はっ…、あっ、はっ…！」

身体が中から熱くなってくる。三人の男に愛撫されているという異常な事態に、智祐の肉体は興奮を覚えていた。乳首を責められて耐えがたい快感を与えられているのに、脚の間はまだ触れてもらえない。真尋は智祐の脚の付け根を舐め、撫で上げていた。

「智祐さんのこれ、めっちゃビンビンじゃん」

「ん、ああっ！」

刺激と興奮に反り返っている肉茎を一度だけ撫で上げられ、ビクンッ、と身体が跳ねる。

「そこはまだ触るなよ、真尋」

「わかってるけど、ちょっとくらいならいいっしょ？」

「少しだけな」

貴宮に窘められた真尋は頷いて、智祐のものから手を離した。

「ああ……っ」

欲しい刺激を与えてもらえず、苦しげに喘ぐと、隆弥が脇の下に舌を這わせてくる。

「んあああっ」

「ここも感じるだろ？」

「そ、そこ、はっ…、やあ、あ……っ」

異様な刺激に身を捩るも、男達に押さえつけられていてそれも叶わない。快感とくすぐったさがない交ぜになって智祐を襲う。貴宮には乳首の乳暈に焦らすように舌を這わせられ、時折、突起に吸いつかれた。もどかしい快楽。汗ばんだ肢体がぴくぴくとわななかないて、肌が上気していった。

「まったく、いやらしいですね、この眺め」

貴宮が智祐の乳首を撫でながら囁く。

「もっと刺激が欲しいでしょう？　なら、おねだりしてください」

「……で、できな……っ」

「そんなわけないでしょう。この間は上手にできていたじゃないですか」

「俺も聞きましたよ、智祐さんのおねだり」

「めっちゃ、やらしい言葉使ってたよな」

三人の言葉に、智祐はもうやめてくれ、と内心で叫んでいた。彼らは三人がかりで智祐を暴こうとしている。

「智祐さん」

けれどその時、隆弥が智祐の頬を両手で挟んで覗き込んだ。

「俺らは智祐さんにわかって欲しいだけなんだ。どんなにあんたのこと可愛いと思ってるか、あんたの可愛い姿を見たいって思ってるかを」

「そ、んな、わかんな……っ」

「ならわかるまでやる」

隆弥が、にっと口の端を上げて笑う。それから三人は、智祐の全身に指先や舌を這わせた。はっきりとした性感帯の乳首を重点的に、足の指の股まで。けれど股間の肉茎と後孔だけは徹底的に避けられた。智祐は乳首だけで二度極め、脚の間をぐっしょりと濡らした。

「はあ…、ふあ、ぁ…っ、ん、も、もう、やめ…っ、許して……っ」

腰の奥がどうしようもなく疼いている。もうなんでもいいから、ここを激しく刺激して欲しい。智祐は尻を浮かせ、誘うように振り立てた。もう自分が何をしているのかわからない。

「もう意地張ってもいいことないですよ。諦めて俺らに気持ちよくしてもらいましょうよ」

真尋の声が沸騰した頭の中に入り込む。その瞬間に智祐は陥落した。そもそも、彼ら一人だけでも抗うことが難しかったのに、三人一度にかかってこられてはどうしようもない。

「……っここ、触ってっ……」

膝を外側に倒し、腰を浮かせる。恥ずかしい部分を突き出すような格好に、彼らが固唾を呑む気配がした。

（恥ずかしい――――）

けれど、それがどうしようもなく興奮する。自分の中の被虐性が剝き出しにされた瞬間だった。

「いい子ですね。じゃあ、気持ちよーくしてあげますね」

真尋の指先が、そそり立った肉茎にそっと触れる。次の瞬間、彼は舌先で智祐の裏筋をれろりと舐め上げた。

「あっ、あっっ！」

突然与えられた鋭い快感。腰骨が灼けるように甘く痺れる。

真尋は智祐の裏筋を何度か舌で辿った後、その口の中にすっぽりと咥えてしまった。ぢゅう、という音を立てて吸われて、頭の中が真っ白になる。

「んんっあっあっ、んあああ、そ、それ……っ！」

「ずっと焦らされていたところをしゃぶられて、気持ちがいいですか？」

「次に俺らもしてやるよ。腰が抜けるほど可愛がってやる」

貴宮と隆弥が、耳の孔を舌先で嬲りながらそう囁いてくる。乳首はずっと指先で撫で回され、転がされていた。

（き、気持ちいい……！）

もうそれしか考えられない。正直言って口淫されたのは初めてだった。身体中がずっとぞくぞくして止まらない。

「あっ、あっ、んっあっ、…っあ、あぁぁあ〜〜…っ」

ゆっくりと舌を絡められ、強く弱く吸われる。両脚がガクガク震えて、智祐ははしたなく嬌声を上げた。

「く、いくっ……、いくっ、もうっ…！」

「いいっすよ。我慢したご褒美にイかせてあげます」

先端を舌で強く擦られる。根元部分は指先でさわさわとくすぐられ、そのあまりに淫らな快感に、智祐の背が大きく反り返った。腰の奥で快感が爆発する。

「ふああっ、あっ、んあ――――っ」

下肢を痙攣させながら、智祐は絶頂に達した。白蜜が真尋の口の中で弾ける。視界がくらくらして、どこかへ落ちていくような感覚。

「すげえイきっぷりだったな」

「そういうのを、今日はたっぷり見せてもらいますからね」

「貴宮さん、あんまりSモードにならないでくださいよ」

真尋が口元を拭いながら言った。

「智祐さん、痛いのとかは好きじゃなさそう」

「尻を叩かれた時は、よさそうだったけどな」

「初回からスパンキングかよ」

隆弥が呆れたように告げる。

「軽く打っただけさ。智祐さんが快楽メインのMだってことは、当然、俺も把握している」

「さっすが、奴隷飼ってた人は言うこと違う」

彼らの会話を、智祐は惚けた頭でぼうっと聞いていた。何だ？　奴隷？　M？

「少し戻ってきたか？　じゃあ続きしような」

「後ろを解そう。真尋、ローション」

「はい」

智祐は身体を返されて、うつ伏せにされ、腰を高く上げさせられた。

「や、あっ…」

「大人しくしてな。俺らの全員の入れるんだから、よく濡らしておかねえと」

「に、してもよくもちゃっかり一番乗りしてくれましたね」

「そりゃ、俺はナンバーワンだし？」

「関係ないっつうの」

「別に初物にはこだわらないさ。いかにして彼を悦ばせるかのほうが大事だ。……ほら、智祐さん、ローション垂らしますよ」

智祐の双丘の狭間に、とろみのあるローションがたっぷりと垂らされる。後孔から会陰を伝い、双丘を濡らしていく液体の感覚に思わず尻を震わせた。

「まず二本挿れますね」

「んっ、んんっ」

貴宮の指が最初から二本挿れられ、智祐は呻いた。苦痛はほとんどなく、引き攣れるような感覚と圧迫感だけがあったが、彼が慎重に指を動かしていくと、すぐにそれは快楽に変わった。

「ああっ…、ひ…んっ」

「そう、力を抜いて、息を吐いて……。上手ですよ」

そろえた指がくちくちと中を探る。指先が細かく動く度に、そこにはっきりとした快楽を感じた。腹の中がずくずくと疼いて、媚肉が勝手に蠢いてしまう。

「あう……あ、あっあっ！」

隆弥と真尋の手も智祐の身体中を這う。その指もローションで濡れていて、真尋に乳首を、隆弥に肉茎を撫でられて、びくびくと肢体がわなないた。

「あーっ、はっ、はう……っ」

「ああ、いい感じですね、智祐さん。奥からきゅうきゅうと締めつけてくる」

貴宮の指先が、弱い場所を掠める。身体が燃え上がるような感じがした。だがその指はすぐに離れてしまう。

「ああっ！　……そこっ…」

「焦る必要はないですよ。ここは俺のでたっぷり虐めてあげますからね」

貴宮の言葉に、奥がまた締まった。後ろを押し開かれ、貴宮の先端が押しつけられる。来る、と思った瞬間、それはずぶずぶと押し這入ってきた。

「んう、あ、ア、あううう…っ」

こじ開けられる感覚が身震いするほどに気持ちがいい。貴宮の張り出した部分で泣き所を、ごりっ、と抉られ、ひいっ、とよがりながらガクリと上体を伏せた。

「智祐さん、今、甘イキしたでしょ」

肉茎を嬲っている真尋の手の中に、軽く吐精してしまったのだ。

「あんた、我慢できないもんなあ。じゃあ、こっちにお仕置きだ」

隆弥が摘まんだ乳首をきゅうっと強めにつねる。甘い痛みと快楽が身体の中心を貫いて、智祐は髪を振り乱して悶えた。

「ああふううっ、あっ、ん――……っ」

口の端から唾液が伝う。奥まで咥え込んだ貴宮を強く締めつけてしまい、腹の中にも、じんじんと快感が伝わった。容赦なく揺らされ、肉洞を擦られる。

「ほら、ここ、好きでしょう?」

「ひ、いい、ああっ、そこっ、す……っ」

我慢できない場所を押し潰すように突き上げられ、忘我の状態で喘ぐ。身体の至るところが気持ちがよくて仕方がなかった。

(こんなの、絶対ダメになる)

彼らの圧倒的な、雄の部分を見せつけられては、智祐は太刀打ちできない。

「……すごいな、彼は…、持って行かれそうだ」

「へー、貴宮さんでもそうなんすか」

「わかる。ちょっとした逸材っすよね」

智祐を抱いたことのある隆弥が同意した。けれど智祐にはそんな彼らの会話を聞いている余裕すらなかった。自分でも知らなかった場所が感じるということを次々に教えられ、手脚がガクガクと震える。

「んうっ、あっ、あっ！」

「くっ……！」

内奥に叩きつけられる熱い飛沫。それが智祐を高みへと放り投げる。

「あっいくっ、あっあっ、あぁぁああ……っ！」

中でイくのは未だ慣れない。身体の底から込み上げてくるような快感は大きすぎて、どう耐えたらいいのかわからないからだ。

「は…っ、は……っ」

荒い息をついていると、中から男根がずるり、と抜かれた。智祐の身体が芯を失ったように崩れる。すると身体を返され、智祐は再び上を向かされた。脚の間には、今度は真尋がいる。

「今度は俺を受け入れてくださいね」

「う、んんっ、あはぁぁあ…っ」

達したばかりの後孔に、真尋の凶器を咥え込まされた。まだ収縮している肉洞に滾ったものを捻じ込まれ、入り口から奥までをまんべんなく擦るように動かされる。感じやすくなった内壁を刺激されて、智祐はよがり泣いた。

「ふあっ、ああ、あ、ひっ、そ、んなにぃ…っ」

「はー、すっげ…、びくびくいってる」

　真尋が、どちゅどちゅと突いてくる度に、先に出された貴宮の精が攪拌され、溢れて、繋ぎ目が白く泡立つ。そしてそれだけではなかった。隆弥がローションのボトルを直接傾け、智祐の腹にたっぷりと出す。それを彼と貴宮が塗り広げるようにして指を滑らせていった。

「あ、ああ、やっ、それっ……」

　ぬめった指で貴宮が両の乳首をこりこりと刺激してくる。胸の先から生まれる甘い快感が、後ろを犯されるそれと繋がり、我慢できない刺激が乳首に走った。

「乳首も気持ちがいいでしょう?」

「ああ、んんっ、あ、あくうう…っ、あっそんなっ、は、弾かないで…っ」

　指先で勃起した乳首をぴんぴんと弾かれる。鋭い刺激に、シーツから背中が浮いた。

「ここも先っぽからダラダラ垂れてるぜ。ローションいらなかったか?」

　脚の間で苦しそうに屹立しているものを、隆弥にやんわりと握られ、扱かれる。ぬるぬるとした快感に腰が熔けてしまいそうだった。

「うう、ああっ、ふっあっ、……んああぁぁあ」

　弱い場所を同時に責められている状態に、智祐は啼泣する。耐えきれずに何度かイったが、それが前でイったのか後ろでイったのかわからない。

「めちゃくちゃ、イきまくってますねえ」

「こういうこと、好きなんだろ」

「っ、ち、が…っ」

ちがう。こんな恥ずかしいこと好きじゃない。

智祐は必死で否定しようとするも、口から出る声は、ほとんど喘ぎ声だけだった。

「いいんですよ。セックスが好きなのは悪いことじゃない。むしろいいことだ」

貴宮の指先が乳首を強く摘まむ度に、イきそうになってしまう。

「やばい、俺もイきそう！」

真尋のものが中で激しく脈打っていて、律動が速くなった。感じる粘膜をかき回され、何度目かの絶頂の予感にシーツを摑む。

「あっ、あああぁぁあっ！　〜〜〜〜っ！」

真尋の飛沫が奥で放たれた瞬間、思考が白く濁る。智祐自身も肉茎の先端から白蜜を噴き上げ、下腹でローションと混ざり合った。

「……っも、もう無理っ、あっ」

真尋が自身を引き抜き、隆弥がそこに陣取った時、智祐は弱々しく哀願した。度重なる絶頂で身体は限界だと訴えている。だが隆弥はニコリと笑った。

「もうちょっとがんばろうな」

力の入らない身体を抱き起こされ、後ろから抱えられる。すでに二人の男に犯された後の窄まりは白く濡れ、とろとろに蕩けていた。その肉環に彼の猛ったものが押し当てられる。

「腰落としたら、簡単に入っちまうだろ」

「あ、あ、あ――――…！」

自重で隆弥のものをずぶずぶと受け入れてしまい、智祐は彼の膝の上に座り込むような格好になった。彼が膝の裏を抱えて、自分の脚にひっかけてしまったので、智祐の脚は大きく開かれたような体勢になる。

「あ…っ、あ……っ、恥ずかし…っ！」

「恥ずかしいのも気持ちいいだろ？」

そのまま緩やかに腰を揺すられ、智祐は、ひいっと声を漏らす。股間のものはさっき吐精したにもかかわらず、刺激を受けて勃ち上がり始めていた。その肉茎に舌を伸ばしたのは貴宮だった。彼はそそり立って震えるものを根元から舐め上げ、裏筋をちろちろと舌先でくすぐる。

「は、ア……っ、ああ…んんっ」

後ろを突かれながら前を口淫されるのがたまらず、智祐は隆弥の肩に後頭部を乗せるようにして仰け反った。隆弥に顎を捕らえられ、そのまま深く口づけられる。

「ああ……うう……っ」

興奮のあまり自ら舌を差し出し、隆弥のそれに絡めた。すると真尋がピンと尖った乳首に舌を這わせてくる。

「んあぁ…ああ…っ、い、い…い、きもち、い……っ」

快楽のあまり理性が蕩け、卑猥な言葉が漏れた。

「俺達とこういうことすんの、好き？」

「す、すき…じゃ、な……、ああっ！」

その瞬間に奥を強く突かれ、快楽の悲鳴が上がる。戻りかけた理性は瞬く間に吹き飛んだ。

「な、好きだろ？　これからも、もっと気持ちよくしてやるから」

「ん、ん……っ」

智祐の頭がこくこくと縦に振られる。

「――――いい子だ」

隆弥は笑い、智祐の腰を回すように、あるいは小刻みに突き上げるようにして追い立てる。

「やっ、うっ、だめ、だめ、ああっ！」

逃げられない快感にびくびくとわななき、体内の隆弥を強く締めつけた。やがて彼が一際大きく突き上げた時、智祐は肉体が宙に放り投げられたような感覚に陥る。身体中を愛撫されながらの絶頂は、智祐に耐える術を与えなかった。

「っ、ふああっ、――――～～っ、っ！」

身体がばらばらになりそうなほどの極み。高くのぼりつめた後に、急にどこかへ落ちていくような感覚が怖くて、思わず助けを求めるように手を伸ばす。

その手を摑んでくれたのが誰だったのか、智祐にはわからなかった。

「――――本日は、誠にありがとうございました」

レジに立った智祐は、会計を済ませて担当ホストに見送られて出て行く客に、丁寧に頭を下げた。そのままＰＣを操作していると、背後に誰かが立つ。

「……なんだ」

「素っ気ない振りすんなよ。バレバレなんだよ」

声は智祐のすぐ耳元で聞こえた。吐息が首筋にもかかる。その感触に、思わず背筋が震える。

先日、智祐は三人がかりで男に抱かれた。それはこの店のホスト達で、彼はそのうちの一人だ。

「な、凄かったろ。こないだの」

「……あんなこと……」

智祐は努めて平静を装った声を出す。智祐はその前に彼ら一人一人と関係を持っていて、その時の行為でも強烈な衝撃を受けていた。

けれど、三人のそれぞれの腕で組み敷かれ、その唇と指で愛撫され、彼らの――――。

その時の羞恥と快感は、とても言葉では言い表せないほどだった。そして彼らはそれを続けると言う。

（あんなこと、何回もやったら、どうにかなってしまう）

「俺はあんたが悦ぶことしかしねえよ？」

隆弥は見透かすように囁いた。

「……人が来たらどうする。何の用だ」

「つれねえの」

ちょっと顔見に来ただけだって、と彼はフロアに戻っていった。智祐は速まってしまった鼓動を落ち着かせるために、大きく息をついてから自分もその後に続く。

その時、一人のホストとすれ違った。

「お疲れ様です！」

「お疲れ様」

何故か妙な違和感を覚えて、智祐は振り返った。彼は中堅のホストで、自分が店に来て最初にした挨拶に反発して、智祐に対して当たりがよくなかった。今のようにすれ違っても、よく無言で無視されていた。

他にも顔を合わせたホスト達に同じように挨拶され、頭が疑問符でいっぱいになる。急にどうしたというのだろう。

「どうかしましたか？」

「あ……」

貴宮が現れ、穏やかに微笑みながら声をかけてきた。店で見る彼はいかにも智祐の右腕らしい、知的で紳士的な男だが、その実は嗜虐志向があることを知ってしまった。以前、奴隷を飼っていたというのは本当なんだろうか。

（いけない。今は普通にしていなければ）

そう思い直し、智祐もまた事務的な顔になる。

「最近、ホスト達が俺に対して妙に折り目正しいように思えて。以前は無視してくる者も多かったのに」

「ああ…、それは」

貴宮が当たり前のように言った。

「おそらく隆弥がそのように彼らに言ったんでしょう。彼はこの店では王です。隆弥の言うことには、皆、従うでしょう」

つまりそれは、智祐に対して礼儀正しい態度をとれ、と隆弥がホスト達に告げたということか。

「隆弥は何故そんなことを？」

「何故……？」

智祐が問うと、貴宮は不思議そうな顔をする。

「それは当然ではないのですか？　彼はあなたに好意を抱いている」

「そんなことで？」

智祐は思わず問い返した。

「隆弥が俺を気にいっていて、そして隆弥が俺の言うことを聞けと皆に言ったから。そういうことなのか？」

「何か問題でも？」

何が悪いのだと、貴宮は言いたげだった。そして彼は智祐の額にとん、と指を当てる。

「また、潔癖になってやしませんか？」

「……」

「あまり潔癖になっていると、また忘れさせてあげますよ」

「……けっこうだ」

智祐が貴宮から一歩退くと、彼は仕方なさそうに笑ってみせた。

「まあ、あまり深刻に考えないほうがいいですよ。結果オーライじゃないですか」

確かに貴宮の言う通りかもしれない。たとえどんなきっかけであれ、従業員が智祐の言うことを聞くようになるのはいいことだ。

（でも、それでいいのか？）

もしも隆弥に飽きられてしまったら、ホスト達はまた智祐の言うことを聞かなくなるかもしれない。そんなものは本当に解決になるのだろうか。

「貴宮さん、ここでは智祐さん苛めたらダメっすよ」

後ろで真尋の声が聞こえて振り返る。

「隆弥さんがそう言ったのは事実です。でもあの人も智祐さんのことを思ってのことなんで、気にしないでやってもらえますか。働く環境はいいに越したことはないでしょ」

真尋はそうやってドライに告げる。確かに一理あるかもしれなかった。納得できない部分があるのは智祐の問題であって、他のホスト達には関係がない。

「……そうだな」

真尋の言うことはもっともだと頷くと、彼はニコリと笑った。

「真尋もずいぶん売り上げを伸ばしているんですよ」

客席のほうに戻っていく彼の後ろ姿を見ながら、貴宮が言う。

「隆弥を目標にしているみたいです。その隆弥は桜介さんを目標としている。切磋琢磨して、美しいと思いませんか？」

「貴宮さんからそういう言葉が聞けるとは思わなかった」

「おや」

もっと自分がちゃんとしないと。

「そう言えば、最近、従業員というか、姫達の間で噂されていること、知っていますか？」

「……いや？」

聞いた事がなかった。また何か自分の悪い噂でも囁かれているのだろうか。従業員はともかく、客の間でそういう噂があるのはよろしくないと思った。店の評判に関わる。

「最近オーナーが色っぽくなったと」

「……」

「接客してもらいたいという姫がけっこういますよ？」

「遠慮しておく。また潰されたらかなわない」

そう言うと、貴宮は意味ありげに笑った。

「そうですね」

また俺達にホテルに連れ込まれてしまいますもんね――。そう彼は言っているような気がした。智祐はいたたまれなくなって、彼から顔を背ける。

「明日、店が終わってからオフィスに残ってください」

「っ」

ふいに有無を言わせぬ口調で告げられて、背筋がビクッと強張った。そこで何が行われるのか、わかってしまう。

「いいですね？」

「い――」

嫌だ、と言おうとして言葉に詰まる。本当に嫌ならば言えるはずだった。それなのに、こうして貴宮に言われると、身体の奥のほうに熱が灯るのを感じる。続いて肌が火照るような感覚。

嫌じゃない。期待しているのだ、本当は。

父への反発でこれまで自分を律するように生きていた智祐だったが、その内実には、誰かにめちゃめちゃにされたいという欲求があることを、彼らに抱かれて知った。わからせられてしまったのだ。

「では、また後ほど。――そこら中に色気を振りまいているお仕置きですよ」

そんなふうに言われて、智祐は思わず振り返る。だが貴宮は素知らぬ顔をしてフロアの奥に消えていった。

「明日は定休日ですし、ゆっくり愉しめますね」

「――――っ」

不自由な体勢に、智祐は不安気に天井を見つめた。

オフィスにあるテーブルに、智祐は全裸でくくりつけられている。仰向けに寝かされ、両の手脚をテーブルのそれぞれの脚にくくりつけられているという格好だ。こんな恥ずかしい格好を、オフィスの蛍光灯に白々と照らされている。その周りを、隆弥、真尋、貴宮が取り囲んでいた。

「店はもう施錠してありますから、誰も入ってこられませんよ。安心してください」

貴宮がそう言った後、隆弥が智祐の顔を覗き込んできた。

「今日はやめろって言わねえの？」

「……っ」

智祐はふいと顔を逸らす。やめろと言っても無駄なくせに。

「こんな…っ、変態……っ」

「いいじゃないすか。楽しいでしょ？」

真尋の言葉を否定できない。智祐が嫌だと言わないのは、嫌ではないからだ。後ろめたさや羞恥や戸惑いなどは残ってはいるが、あの日から、彼らが施すこの行為をどこか待ってしまっている自分がいた。

「今日もうんと悦ばせて差し上げますよ」

「真尋、用意してきたか」

「もちっす」

真尋がレジ袋からローションのボトルを取り出す。そこにはまだ何か入っているようだが、智祐には見えない。

「後からのお楽しみですよ」

そう言ってかれは智祐の身体に、そのぬめった液体を垂らした。臍のあたりを中心に滴るほどに落とすと、男達の手がそれを塗り広げていく。

「っ、ふっ、うっ……」

「すっかりローションがお気に入りになったなあ」

「エロい反応してくれますよね」

智祐の身体は、あれから何度か繰り返された行為により、ひどく敏感な反応をするようになっていた。言葉通りに調教された肉体は、触れられれば打てば響くようになっていった。

誰かの濡れた指先が胸の突起に触れ、くりくりと転がされる。甘い痺れがたちまち広がっていった。

「あ、あー…っ、あっ…！」

テーブルの上で智祐の肢体があやしく身悶える。けれども手脚を繋がれているため、身体は捩る程度にしか動かせない。

他の指も至るところに滑らされ、感じやすい場所を刺激される。脇腹や脇下に指先が伸ばされると、くすぐったくてしかたがなかった。

「んっ、あっ、あっ！」

「智祐さんは最近、素直になってきていますね。ここは好きですか？」

貴宮は智祐の乳首から脇下にかけて指を滑らせている。刺激に弱い場所で指が踊る度に、びくびくと身体が跳ねた。

「ああっふあっあっ、そ、こ、我慢、できないっ……！」

「なら、もっとしてあげましょうか」

「んん、あんううっ」

異様な快感に熱が凝っていく。だが智祐が耐えなければならないのは、そこだけではなかった。

脚の間からちゅくちゅくという音が聞こえる。真尋の指で智祐の肉茎は巧みに扱かれていた。裏筋を指の腹で撫でられ、くびれのあたりを意地悪く擦られる。そんなことをされたら、腰がずっと震えてしまう。

「はっ……、はううう…っ」

最奥の窄まりは隆弥の指でまさぐられ、ローションでしとどに濡らされた肉環を二本の指でこじ開けられた。

「あっ…、んん——…っ！」

彼らによって躾けられたそこは、慎みを残しながらも、すんなりと指を受け入れていく。

「しかし、マジでエロい孔だよな」

「あう…んっ、んっ、んっ…！」

指が届く限りの奥でぐちゅぐちゅと小刻みに動く。快感がせり上がってくる感覚に、智祐は喘ぐことしかできなかった。身体の至る所を気持ちよくされて、じっとしていることなどできない。

「ああっ、ああっ、ん、ア、い…っ、い、くっ……！」

ぐぐうっ、と背中が反り返り、智祐は全身で絶頂を味わった。ぎゅっと眉を顰め、気持ちがよくてたまらない。

「またイきやすくなりましたね」

貴宮は爪の先で智祐の乳首をカリカリと引っ掻きながら、優しく言った。

「あ、あ、ふあ…あ……っ」

達したばかりなのに、ずっと乳首を虐められていて、どうにかなってしまいそうだった。

「今日は、これからまだ、どんどんイってもらうぜ」

隆弥が真尋に合図をする。すると彼は、レジ袋の中から何かを取りだした。

「これなーんだ」

「……っ」

隆弥が見せつけてきたのは、丸い玉がいくつも連なっているようなものだった。ひとつの球体の大きさはピンポン玉ほどもある。嫌な予感が胸をよぎった。

「そ、れ、まさか……っ」

「そう。智祐の中に入れる。全部」

業務中以外は、智祐のことを呼び捨てにするようになった隆弥が、とんでもない宣言をする。

背中に嫌な汗が伝った。

「待てっ、無理だ、そんな…っ」

「無理じゃないですよ。だって俺ら全員の受け入れてるじゃないですか。智祐さんの中って、今すごく、えげつないことになってるんですよ」

真尋が追撃をする。隆弥は智祐の双丘を開き、後孔を押し広げようとした。さすがに抵抗した智祐が足を閉じようとすると、真尋と貴宮がそれぞれの足を持ち、押さえつける。

「あ、あっ！　やめっ…！」

「ほら、ここ緩めて呑み込めよ」

球体のひとつが肉環に押し当てられ、軽く押された。すると素直な入り口は球体を咥え込み、奥へと呑み込もうとする。

「んん、くう……あっ」

入り口がこじ開けられる快感に、思わず喘いだ智祐だったが、すぐに次の玉が入ってきた。押し込まれたそれは、先に入っている玉に、ごりっとぶつかる。

「んひぃっ」

肉洞の中に響く淫らな衝撃。その得も言われぬ刺激が快感となって腹の奥に広がっていく。

「まだまだ入るぞ」

「あう、ううっ！　や、あ、入れる、なっ…！」

ひとつ、またひとつ玉が入る毎に肉環を押し開かれ、体内で玉突き事故が起こった。

「ひぃ、んぁあっ、あ…んんっ！」

「どんな感じがしますか？」

貴宮が興味深そうに尋ねてくる。

「な、中で、ごりごりしてっ…、あっ、い、いっぱいにっ…、も、入らなっ…！」

きゅうきゅうと収縮する内壁の中で、ひしめきあう玉が擦れ合った。その度に腰骨まで痺れそうな快感に包まれる。

「もう少しだから、がんばろうな」

「やああっ……！　も、許しっ…、くう、うんんっ！」

やがて最後のひとつが智祐の中に収められた。

「全部入ったぞ。えらいな」

隆弥のねぎらう声を聞きながら、智祐は息も絶え絶えだった。内壁の蠕動によって中の玉も動いてしまうので、何もしていなくとも感じてしまう。

「あうっ…、あうう…うっ」

足の付け根が痙攣していた。智祐はもう、絶頂寸前にまで追い上げられている。そんな智祐に、彼らは残酷なことを告げた。

「今度はそれ、自分で出してくださいよ」

真尋の言葉に瞠目する。今なんて？

「自分の力で、ここから出すんですよ」

智祐の後孔から、球体を繋ぐ紐だけが出ていた。真尋がそれを軽く引っ張る。途端に、きゅんっ、と腹の中に快感が走って、智祐は「んあっ」と声を上げてしまう。

「で、できない、そんなこと……っ」

「できなければ、一気に引き抜きますよ。そのほうがとんでもないことになるかと思いますが、智祐さんはそのほうがいいですか？」

「や、嫌だっ！」

貴宮の言葉に反射的に返した。一気にこれを引き抜いたら。その時にどんな快感が襲ってくるのか見当もつかない。ただわかるのは、その時、自分は正気ではいられないだろうということだ。

「だ、出す、自分で出す、からっ…！」

「じゃあ、見ててやるよ」

智祐は唇を噛み、下腹部に力を入れた。中のものをどうにか押し出そうとすると、最も外側にある玉が肉環をこじ開ける。

「……っああ――――…っ」

ぬるん、ぬるん、とそれが外に出て行く。後ろを何度も開閉され、肉洞をごりごりと擦られて、智祐はもう耐えることができなかった。あまりの羞恥に泣き出しながら、それでも腰の奥を犯す快感に屈服する。

「ん、くう…ううっ、あっ、いく、いくう――――…っ、っ！」

智祐の腰が浮いた。

「あっ、あぁぁああ」

達した瞬間に強く後ろを食い締めてしまい、それが中の球体を激しく動かしてしまうことになる。媚肉が刺激されてしまい、智祐は続けざまに極めた。

「んあぁぁああ…っ！」

きりがない。どうしたらいいのか。智祐は終わらない絶頂の中、テーブルの上で打ち上げられた魚のように身悶えた。

「……った、助け…っ」

「わかった。終わらせてやるよ」

隆弥の指が、球体を繋ぐ紐にかかる。ダメだ、と言うよりも先に、それが一気に引っ張られた。

「────〜〜〜〜っ」

智祐の背が大きく仰け反り、びくん、びくん、とのた打つ。感じやすい内壁を過激に擦られてしまい、肉茎から白蜜を噴き上げながら智祐は達した。

「すっげえ……」

真尋の声が聞こえる。智祐の痴態に、心底呆れたのだろう。けれど頭の中が煮え立っているような状態の智祐は、そんなことを気にかける余裕もなかった。

「は、あ、ああ……っ」

激しい余韻の中で荒い息をついていると、急に両脚が自由になった。それを抱え上げ、真尋が自身を挿入しようとしている。

「あ、待て、まだっ……！」

「待てないです！」

今のですっかり興奮したのか、昂ぶった若いものが智祐の中に挿入された。ずぶずぶと奥まで一気に突き進んできたそれは、智祐に強烈な快感を与える。いくつもの球体でさんざん虐められた肉洞は蕩けてぐずぐずになっていた。

「ふあ、あぁぁあ…っ！」

「あんまがっつくなよ、真尋」

「無理っすよ、こんなん見せられたら…！　隆弥さん達だってそうでしょ？」

腰を使いながら真尋が彼らにぼやくように告げる。隆弥と貴宮は、それぞれ智祐に口づけたり、乳首を愛撫したりを繰り返す。

それから彼らのすべてを受け入れ、その精を受け止めて、智祐自身もまた、何度も絶頂を迎えるのだった。

ホストクラブはよくイベントをやる。

大きく分けるとコスチューム系と誕生日系だ。季節毎に衣服をパーカーや浴衣(ゆかた)やサンタコスなどでくくり、ホスト達はそれに準じた衣装を着る。客の女性達は担当のホストのいつもと違う姿にきゃあきゃあと喜び、多めに金を使う。そしてもうひとつの誕生日イベントは、その名の通り、ホストの誕生日にやるイベントのことだ。その日は、該当(がいとう)のホストが主役となって店で盛り上がる。

そして『PRINCESS GANG』のナンバーワンホスト、隆弥の誕生日が、もうすぐそこまで迫(せま)ってきていた。

「今年こそは更新(こうしん)してえなあ……」

「やっぱり桜介さんと張り合うのか？」

「当たり前だろ」

隆弥と貴宮、真尋、そして智祐とで、隆弥の誕生日イベントの企画を、店で打ち合わせしていた。

智祐はこの面子(めんつ)で集まって、そういうことにならないのにほっとしていた。

「てか、何着るんですか？　隆弥さん」

「それだな」

「桜介さんは何着てたんです？」

「なんかインドのマハラジャみたいな格好してたぞ」

「すげえな」

智祐も父がインドの王様の衣装を着た姿を想像し、微妙な表情を浮かべた。

「そう、確かそん時だよ。二億売り上げたの」

「なら、それを上回るインパクトを考えないといけないか……」

貴宮が中空を見て腕組みをし、考えを巡らせた。

「逆に紋付き袴とかは？」

「普通じゃん。着る奴けっこういるぞ」

「そっかあ……」

まだホスト歴の浅い真尋は、あまり誕生日イベントの経験がなかった。それは智祐も同じなのだが。

あまり奇をてらってもいけないだろう。隆弥はナンバーワンなのだ。であれば、それなりの格というものがある。

（それを踏まえて隆弥に似合う衣装……）

智祐の頭に、ある考えが浮かんだ。

「燕尾服はどうだろうか」

「燕尾服か……、でもなんか黒服っぽくね？」

「ちゃんと本格的なのを着れば大丈夫だと思う」

それに、と智祐は付け加えた。

「隆弥にはそれが似合う。絶対にかっこいい」

「――――」

智祐が提案すると、彼はじっとこちらを見つめる。真尋と貴宮もそうだった。

「な、何か変なことを言ったか」

「決まりだな」

「ですね」

「異論はないです」

あまりにあっさりと決まってしまいそうだったので、逆に智祐のほうが慌ててしまう。

「え、そんなに簡単に決めなくても……」

「いや、あんたが考えてくれたんだ。俺はあんたが着ろって言った衣装を着るよ」

真っ正面からそんなことを言われて、智祐は思わず面食らってしまった。同時に恥ずかしくなって少し赤面する。

「一番かっこよくなってみせるからな」

「そうと決まれば、各所に連絡ですね。衣装も手配しないと。真尋も手伝ってくれ」

「もちろんです」

おそらくこのイベントは、『PRINCESS GANG』の今年一番のイベントになる。ぜひとも成功させないと、と智祐が思っていた時だった。

店のドアが唐突に開いて、誰かが入ってくる。智祐はその気配に顔を上げた。

「え……っ」

思わず漏れた声に、他の三人も入り口に視線を移す。その瞬間、彼らもまた瞠目した。

「――よう。久しぶりだな」

「父さん……!?」

店に入ってきたのは、今はハワイにいるはずの藤澤桜介だった。


「ちょっと離れてただけだってのに、懐かしく感じるもんだなあ」

桜介はかつて自分が経営していた店を見回している。

「父さん、どうしてここに……?」

「おお、智祐。元気にやってるか？　お前達もご苦労さん」

桜介に声をかけられて、隆弥達も戸惑いながら「お疲れ様です」、などと頭を下げた。

「父さん、ハワイにいるはずでは――――？」

「ああ、様子を見に来た」

桜介は言った。

「お前がちゃんとやってるって貴宮から聞いててな。それでねぎらってやろうと思って飛んできたってわけだ」

また突然思い立ったというわけか。

気まぐれな父の行動はいつものことだが、今回も驚かされる。智祐はそう思って息をついた。

「ちゃんとやってるよ。心配しなくていい」

「そうみたいだな。この間、電話した時はちょっと心配したもんだが」

桜介は智祐を見てにやりと笑った。その時、何かを見透かされたような気がして息を呑む。

「お前らが智祐を助けてくれてんのか？」

彼は隆弥達に言った。

「――――先日もお話した通り、智祐さんはまったく何も知らない状態から、ここまでよくがんばってきたと思います。俺達も力は貸しましたが、ほとんどは智祐さんご自身のがんばりだと思います」

「おう、そうだな。貴宮。ありがとな。お前はこいつをよく支えてくれてるよ」

智祐は、桜介の妙にもったいぶったような言い方が気になった。

「時に、だ。お前ら智祐を肉棒管理してねえか？」

桜介が何を言っているのか、智祐にはいまひとつわからなかった。だが三人の間に緊張が走ったのが見て取れる。

「どうなんだ、うん？　俺の息子を手籠めにしているわけじゃねえだろうな？」

そこでようやく桜介の言葉の意味がわかって、カアッ、と顔が熱くなった。つまり桜介は、智祐達の関係を疑っているのだ。いや、むしろ疑っているというよりは確信に近いのだろう。

「――――管理、はしてないですね」

隆弥がゆらりと立ち上がった。

「けど、強引だったことは認めます」

「なんてこった」

桜介は天を仰ぐ。

「人の息子に手ぇ出しやがって、よくしゃあしゃあと言えたもんだ」

「すみません。智祐さんに責任はありません」

「俺も、右に同じっす！」

「申し訳ありませんが、俺も」

「はあー？　貴宮までなんだよ。俺はお前のこと信用して、こいつを預けたんだぞ」

「はい、しかし、自由恋愛は禁止されていませんでしたので」

「自由恋愛ねえ……。そうなのか、智祐？」

いきなり矛先を向けられて、智祐は言葉に詰まる。そもそも実の親に性事情を知られたことほど、気まずいものはない。

「それは」

答えようとして智祐は気づく。

そもそも自分たちの関係はいったい何なんだろう。これは恋愛なのだろうか？

答えられないでいる智祐を見て、桜介はため息をついた。

「やっぱりな」

「父さん、ちが……」

「俺ぁ、ここに戻ってくることにするわ。また俺がオーナーやる」

「え――――？」

突然の桜介の宣言に、智祐は息を呑む。

「智祐、お前はまた昼職やれ。公務員の資格持ってんだからできるだろ」

「父さん！」

「待ってください、桜介さん！」

「そうっすよ。いきなり――――」

「俺らの言い分も聞いて欲しいっす！」

「何を聞けって？」

桜介の声はひやりとしていた。

「お前ら、ぶん殴られなかっただけ感謝しろよ。てめえの息子傷ものにされて黙ってる親がどこにいるってんだ」

「――――」

その瞬間、智祐は頭の中がカッと熱くなるのを感じた。拳をぎゅっと握りしめ、一歩を踏み出す。

「――――勝手なことばかり言うなよ！」

さっきは答えられなかったくせに、突然怒りだした智祐に桜介はぽかんとした顔をした。桜介だけでなく、彼ら三人も。

「すごいえらそうなこと言ってるけど、自分はどうなんだよ。勝手なことばかりして、母さんを疲れさせて、俺にも寂しい思いさせて！　自分はいいけど俺はダメってどういう了見だ。そもそも俺はもう大人だし、俺が誰とつき合おうが父さんに止める権利はない！」

長年ずっと胸の中に秘めて我慢していた言葉は、一度堰を切ったらもう止まらなかった。

「だいたいこの店のことだってそうだよ。この世界のことを何も知らない俺に強引に継がせて、それでも必死でがんばって、俺なりに経営してきたつもりだ。この先ももっとがんばろうって思ってたのに、また普通の仕事に戻れとか、ふざけるのもたいがいにしろ！」

こんなに一度に大きな声でしゃべったのは初めてではないだろうか。慣れないことをして、息が上がってしまった。智祐に怒鳴りつけられた桜介はぽかんとしていたが、やがてニヤリと口の端を上げた。

「そうだよ。俺は勝手なんだ。勝手やってこの歌舞伎町で成り上がってきたんだよ」

ダメだ。ぜんぜん伝わっている様子がない。智祐が心からの感情をぶつけても、この男には通用しないのだ。智祐が肩を落としかけた時、ふいに隆弥が割って入った。

「桜介さん、もうすぐ俺の誕生日イベントあるんすよね」

「それがどうした」

「いつかあなたが立てた記録、一晩の売り上げ二億円。それをブチ抜いたら、俺らのこと許してもらえますか」

「なんだと？」

「別に俺ら示し合わせて智祐さんに手出したわけじゃないんですよ。気がついたら三人一緒に狙ってたんで、共同戦線組んだだけです」

「お前ら三人とも、こいつのことが好きだって？」

「はい」

「もちろん、そうっす」

「不肖ながら、俺も」

「貴宮。お前昔は派手に女調教して飼ってたりしたよなあ。こいつとはそんなんじゃねえのか？」

「もちろんです。智祐さんはそういうのとは違います。彼と出会ってから、それらはすべて前哨戦に過ぎなかったのだと思い知りました」

「ふうん」

桜介は鼻を鳴らした。彼は少し何か考えていたようだが、やがて口を開く。

「いいだろう。もし隆弥が俺の記録を破れたなら、全面的に認めてやる。俺はハワイに帰るよ」

だが、と彼は続けた。

「もし破れなかったら、この店はまた俺が仕切る。智祐は昼職だ。いいな？」

「うす」

「はい」

「承知しました」

彼らは腹を決めてしまったかのように神妙に頷いた。智祐だけがまだ返事を出来ないでいる。

「智祐、お前は？」

これは勝手な条件だ。こんな賭けをしなくても、自分は自由に振る舞えるはずなのに。

納得できないものを抱えながらも、智祐は絞り出すように答えた。

「……わ、かった」

「よーし、話は決まったな」

「じゃあ俺帰るわ」と言って、桜介は店を出て行く。その場にいるのが四人だけになると、緊張感が解けたのか、皆が深く息をついた。その中で智祐だけが相変わらず拳を握りしめて突っ立っている。その手を握って拳を解いてくれたのは隆弥だった。

「大丈夫か？」

「……あ、うん」

どこか惚けたような声が、智祐の口から漏れる。

「……どうして、あんなこと言ったんだ」

「あんなことって？」

「売り上げの記録更新できなかったら、俺が店をやめるって……！」

そうなったら、智祐はこの歌舞伎町から去って行くことになる。昼の世界に戻ったら、きっともうここには来られない。

「智祐は俺が記録更新できないって思ってんの？」

「……それは……わからない。俺には」

智祐はまだこの世界の歴が浅い。だからそれが現実的なことなのかどうか。いまひとつ判断はつきかねた。ただ二億という数字が、とてつもないものだというのはわかる。

「ま、そうだろうな」

「つか、隆弥さん大きく出たなって思いましたよ、俺」

真尋が呆れたような顔をしていた。

「はったりで終わらないことを願うぞ。冗談抜きで」

「何言ってんだよ、マネージャー」

隆弥が貴宮に向かって言う。

「俺が記録更新できるよう、気合い入れて準備してくれよな」

「もちろんできる限りのことはする。――――だが、相当厳しいぞ」

「望むところだ。勝負に勝って、大手を振ってあんたとヤる」

隆弥に指差され、智祐はため息をついた。

「……言い方」

卑猥な会話には少しは慣れたけれども、もう少し言葉を選んで欲しいものだ。

「けど、智祐さん」

智祐は貴宮を見やる。

「俺達とつき合っているって言って下さってありがとうございます」

「……あれは」

言葉のあやで――――というか、彼ら的にはそれでよかったのだろうか。

「そういう認識で、いいのか……？」

もしかしたら、ただの玩具（おもちゃ）なのかもしれない。そんなふうに思ったこともなくはなかった。

「世間一般の倫理からは外れるかもしれませんが、俺的にはそれで大正解です」

「マンツーマンでつき合うのも、やぶさかではねえけどな」

「それは俺も同じことなんで」

「お前、ちょっとは遠慮（えんりょ）しろよ後輩のくせに」

「いいえ、俺、今に隆弥さんのこと抜くつもりでいるんで」

うっかりすると火花が散りそうになる二人の間に割って入ったのは智祐自身だった。

「今は協力しよう」

「おう」

「はい……」

躾（しつ）けられた犬のように従順な二人を見て、貴宮が耐えられないように笑い出した。

隆弥のバースデーイベントの準備は周到に重ねられた。各方面に連絡をし、宣伝やら内装やらの手配をする。もちろん企画の打ち合わせも入念に行われた。

それぞれの業務や接客をこなした上での準備である。誰しもが無理をしていた。もちろん体調には気をつけていたが、そんな中で、真尋が風邪を引いて寝込んでしまった。

エレベーターで最上階まで昇り、インターフォンを押すと、ややあってドアが開いた。額に熱冷ましのシートを貼った真尋が出てくる。

「ああ、すいません、智祐さん……」

「具合はどうだ？　中入っていいか？」

「え、でも散らかってるんで……」

「そんなのはわかっている。お邪魔します」

「えっ、マジでっ」

 やや強引にドアを開けて上がり込むと、そこはこぢんまりとしたワンルームだった。若い男らしいセンスに溢れていたが、シンクには洗い物が少し溜まっていたし、やや雑然としている。

「一応、適当に買ってきた。食事はとれているか？」

「パンと、あとトマト囓ってました」

「……まあ、野菜がとれてるだけいいか。ああ、寝ていていいぞ」

智祐は彼をベッドに追い立てると、まずシンクで洗い物を片付けた。それから買い物してきた品物を取り出し、食事の準備をする。温かいものを食べたほうがいい。そう思って智祐が作ったのは鍋焼きうどんだった。生姜をきかせて、卵を落とす。ビタミンもとったほうがいいから、キウイをスライスしたものを添えてやった。

運んでいくと、真尋はいたく感激して食べてくれた。

「うめえ…、めっちゃ、うめえ」

「ゆっくり食べろ。せっかくうどんにしたのに、消化に悪くなる。野菜とうどんはまだあるから、腹が減ったら残った汁に入れてまた食べろ」

「マジありがたいっす」

真尋は智祐に何度も礼を言った。こんなことでそんなに喜んでもらえるなんて、なんだかくすぐったい気持ちになる。智祐には兄弟はいないが、弟がいたらこんな感じなのかな、とも思う。もっとも、弟とはあんなことはしないが。

「智祐さん」

「何だ」

「結婚して」

「馬鹿なことを言ってないで、食べたら寝ろ」

「馬鹿なことじゃねえのになあ……」

真尋はぶつぶつ言いながら、またベッドに横になった。

「熱を測れ」

体温を測らせると、三十七度だった。食後でこれくらいなら大丈夫だろう。

「もうほとんど治ってたんで、明日あたり出勤しようと思ってたんですよ」

「無理するな。また倒れたら、そのほうが大変だ」

「でも、隆弥さんのバースデーイベント成功させたいですし」

「……そうだな。でも大丈夫だ」

自分たちにとって勝負の日が、もうすぐそこまで来ている。

「あの太い姫が来てくれたら、かなりの援軍になりませんか」

「沙織さんか」

太い姫という言い方がなんだが、（彼女はスレンダーな部類だ）それは智祐も思っていた。

もちろん連絡はしてあるが、その日はどうしても外せない出張が入っているのだという。

「そっか、残念ですね。まあでも、隆弥さん他にも有力な姫何人かいるから……」

本当に、できるのだろうか。あんな条件。時々、弱気になる心に智祐は喝を入れた。隆弥が

あれだけやってみせると言ったのだ。今は彼を信じる。

智祐は真尋の額の冷却シートを取り替えると、その前髪を撫でて言った。

「心配しないで、ゆっくり休め」

「智祐さんがそんなこと言ってくれるなんて、夢みたいっす」

そんなことはないと思った。智祐だって誰かを看病したらこれくらいのことは言う。

「はあ、風邪引いてるのがマジ残念……。せっかくこんな二人きりのチャンスなんだから、もう絶対、押し倒してるのに……」

その後に続くよけいな言葉を遮るために、智祐は彼の額に置いた手でぺちん、とそこを叩いた。

「え――――っ、隆弥マジかっこいいんだけど！」

「やっばい、王子様みたい、どうしよう」

フォーマルな燕尾服に身を包んだ隆弥は、訪れる姫達を次々と虜にしていった。かわるがわるに写真を撮ってくれと、行列が出来たくらいだ。

南野隆弥、バースデーイベント。その日は彼の馴染みの客が大挙して押し寄せてくる。この日は当然、高いシャンパンやワインを入れてくれる客が多かったが、それでも目標を達成するのは、なかなか骨が折れるだろう。

「いいペースなんですが……。この当たりで決め手が欲しいですね」

貴宮がレジのアプリと連動しているタブレットを覗きながら言う。それを横で聞きながら、智祐は接客している隆弥を見つめていた。側では風邪から回復した真尋が手際よく立ち働いている。今日は彼もヘルプに徹すると言っていた。

正装した隆弥は輝くばかりに華やかだった。固い格好をすると、逆に色香のようなものを強く感じてしまう。誰もが彼のことをうっとりとした目で見つめていた。

勝たせてやりたい、と思う。

父の出した条件がどうのというよりも、隆弥が目標とした父を越えさせてやりたい。今の智祐はそんなふうにも思っていた。

だが、やはり桜介は、難易度が高い目標を達成したからこそ、伝説と呼ばれているのだ。

（難しいかもしれない）

時間が進むにつれ、智祐の頭の片隅をそんな考えが掠める。だが、まだ諦めてはいなかった。最後まで何があるかわからない。

やがて深夜も過ぎた頃、とある客が来店した。

「遅くなって、ごめんなさい」

随一の太客として登場したのは沙織だった。

「沙織様……。出張とお伺いしていましたので、お見えになられないかと思っていました」

「そうだったんだけど、担当の誕生日じゃない？　隆弥に花を持たせてやりたくてね。あと智祐さんには、こないだ潰しちゃったお詫びに」

沙織は席につくと、シャンパンタワーを始めとして、気持ちがいいくらい金を使ってくれた。いつもそうだが、今回は特に気合いが入っている感じだった。

「来週からまた海外に行くの。しばらく来られないしね」

帰る時、沙織はそんなふうに言った。

「マジでありがとう、沙織」

のだった。

「伝説になるのよ」

そんなふうに言って、彼女は夜の街に消えていった。

隆弥のバースデーイベントは大盛況のうちに終わり、そこで隆弥は新たな伝説を打ち立てたのだった。

「いやー、まさか本当に抜かれるとはな。おめでとう、隆弥。お前が新しい歌舞伎町のキングだよ」

「ありがとうございます」

バースデーイベントの翌日、定休日の店には智祐達と桜介が顔を合わせていた。

隆弥は折り目正しく桜介に頭を下げる。頷いた桜介はどこか晴れ晴れとした表情だった。

「お前もよくやったな」

その言葉は智祐に向けられたものだ。素直に褒められ、思わず戸惑ってしまう。

「お前らの勝ちだ。俺はまたハワイに帰るとするか」

桜介はゆっくりと椅子から腰を上げた。智祐達もそれに倣う。

「……父さん」

「智祐、俺はろくでもない父親だったよなあ。お前に何もしてやれなかった」

出口まで進む途中で、桜介は振り返らずに言った。

「お前によく思われていないのもわかってたよ。けどまあ、お前のために隆弥もがんばったし、それでイーブンとしとこうか」

智祐はふと思った。もしや桜介は、隆弥を新しいキングにするために、わざとこんなことをしたのではないかと。

「――父さん！」

今まさにドアを開けて出て行こうとする桜介の背中に、智祐は呼びかけた。彼の足が止まる。

「……身体に気をつけて」

けれど出てきたのはそんな言葉だけだった。桜介はこちらに背を向けたまま、片手を上げて応(こた)え、そして出て行った。

「……まんまと一杯(いっぱい)食わされた感じですかね」

貴宮がそんなふうに呟(つぶや)いた。

「え、全部わかってて仕組まれたってこと？」

「……さすがに、そこまでじゃないと思うが」

真尋の言葉に、智祐は首を振って答えた。

「でもあの人は、帰ってくる前から色々知っていたんだと思う。隆弥達とのことも」

「まじかあ……」

「俺も、これからはちゃんとしないとな」

ふっきれたような口調で智祐は言った。

「店も、君達のことも、俺が守っていかないと。でも、一人じゃできないこともある。だから手を貸してくれるか――？」

まだ自分に自信があるわけじゃない。こんな自分を彼らがこれからも必要としてくれるのかも。それでも意志を示していくことは必要だと思った。少なくとも智祐には、彼らが必要なのだ。

「何言ってんだ。歌舞伎町のキングがついてるんだぜ？　百人力だろ」

「俺は実務的なことなら、誰より役に立ててると思ってますよ」

「一番ポテンシャルが高いのは俺だかんね」

彼らからは、それは頼もしい返事がきた。オフィシャルな面では何の心配もないだろう。

では、あと残るのは――。

「残りは、俺達だけの空間で教えてやるよ」

わからせられる予感がして、智祐は顔を火照(ほて)らせた。

広いホテルの一室に、大きなベッドが置かれてある。結局、移動したのは近くにあるホテルだったが、ここもこの街らしい場所だ。

ここのところイベントの準備で忙しく、誰しもが禁欲生活を送っていた。そのため、もう盛り上がってしまう予感しかない。

「風呂どうします？」

「後でいいだろ後で」

「ま、待ってくれ、せめて汗を流させて……っ」

「平気、平気」

部屋に入ると慌ただしくベッドまで連れて行かれた。準備する間も与えてもらえず、智祐の衣服が脱がされる。三人がかりで剝ぎ取られ、智祐はあっという間に裸にされてしまった。

「ずるいぞ、俺だけ剝いて……！」

「じゃ、俺らも脱ぐわ」

バサバサ、と衣擦れの音が沸く。彼らは一斉に衣服を脱ぎ、その鍛えられた雄の肉体を晒した。自分から言ったにもかかわらず、フェロモンが漂う逞しい身体を前にして、智祐はくらくらするような目眩を覚えた。

「あれ？　期待してます？」

目を潤ませた智祐に、真尋が顔を近づけて言った。そのまま口づけられ、口の中を舐められる。

「んん……っ」

智祐は自ら顔を傾けてそのキスを味わう。その間にも彼らはベッドの上に上がってきて、身体中を撫で回された。

「はあっ……」

「次、俺」

息つく間もなく隆弥に口を塞がれてしまう。触れられながら口づけをされるのは否応なしに興奮が高まった。脇腹を撫でられ、胸の突起を掠められると、くぐもった喘ぎが漏れてしまう。

「舌を出してください」

最後に貴宮の言う通りに舌を突き出すと、深く咥えられてじゅるじゅると吸われた。あからさまにセックスの一部のような口づけに肌が熱くなる。

「今日もたくさんイきたいですか……?」

「ん……っ」

淫らな問いかけに、こくこくと頷いた。

「素直だな」

「可愛い」

褒められて、頭の中がふわんとなる。こうなったのも彼らのせいだ。この男達が、智祐の中に眠る淫蕩の種を発芽させ、水をやって丁寧に育てた。

「そんな顔して、どうなっても知らないからな」

「あっ」

押し倒され、三人がかりで身体を開かされる。

「まずは乳首からですかね？」

「智祐さん、好きですよね」

真尋と貴宮が両側から胸の突起を弄り、指先で転がしてきた。智祐のそれは彼らに愛され、可愛がられて、卑猥な色と形に育ってしまっている。

「ああっ、あっ」

「しかし、エロ乳首になったな」

突起をこねくり回されて悶える智祐を見て、隆弥が感心したように言った。恥ずかしさにカアッと身体が燃える。

「こんな…っ、やらしいこと、されたら……っ」

「サウナとか行っちゃダメですからね」

「この乳首を見たら、みんなに弄られてしまいますよ。そしたらもっと大きくなってしまいますね」

もう俺達のだから」

そうされると智祐の身体は、

尖った

「やっ、嫌だ…あっ」

想像してしまい、智祐はふるふるとかぶりを振る。

「そんなことさせやしねえよ。あんたの身体も、その中身も、もう俺達のだから」

「それをわからせてあげますよ」

「んあっ」

左右の乳首をそれぞれの口に含まれ、軽く吸われ、舐められる。そうされると智祐の身体は、すぐに力が抜けてしまうのだ。

（――――また、そこばっかり）

弱い性感帯を、男達はこぞって虐めてくる。真尋と貴宮の舌先で刺激を与えられて、尖った突起を舐め転がされ、弾かれ、時に軽く歯を立てられた。

「あ、あ！　痺れっ……」

（乳首、痺れる）

敏感な突起は念入りに愛撫されて、そこからじゅわじゅわと快感が溢れてくる。

「また乳首でイってくださいね」

貴宮の言葉に、また彼らはここでイかせるつもりなのだと知った。

「ん、う、乳首…でイくの、やだあ……っ」

「どうして？　気持ちいいんでしょう？」

真尋にじゅうっと吸い上げられて、ひいっ、と声が漏れる。すぐにまた甘い痺れが広がって、いやいやと首を振った。そんな智祐を、目の前で隆弥がじっと見ている。彼は智祐の腹部に口づけ、脇腹へと唇を滑らせてきた。

「ああ……っ」

くすぐったい感覚にひくひくと身体が蠢いてしまう。隆弥は智祐の引き締まった腹に口づけていたが、舌先で臍を舐め上げた。その小さな孔に舌先を差し入れ、くちゅくちゅとくじる。

「っ、あっ、あっ」

智祐は乳首と臍から感じる刺激に喉を反らせた。身体中がじくじくと疼いている。男達に舌を使われる度に、シーツから浮いた背中がひくひくと震えた。

「はあ、あっ、んあっあっ」

だんだんと快感が大きくなってくる。それは次第に手に負えないものとなって、体内で絶頂の素となって育っていく。まだ触られてもいない脚の間のものは勃ちあがり、先端を愛液で濡らしていた。そこはきっとまだしてもらえない。焦らしに焦らされて最後に嫌というほど虐められるのが常だった。

「あ、あ…あ、イ…くっ」

胸の先に快感が集まっていく。男の舌先で嬲られる乳首は、乳暈ごとぷっくりと膨らんで、濃い珊瑚色に染まっていた。智祐の声を受けて乳首は再び口に含まれ、ねぶられるように吸われ、しゃぶられていく。

「んうぅうんんっ、あっ、んんんう――――~~っ!」

腰が浮き、いやらしく振り立てられた。乳首での快楽が弾け、それが全身に広がって智祐が達する。

「乳首でイくの、気持ちいいですか?」

「き、気持ちいいぃ……あああ…っ」

「今日はずっと乳首を虐めていてあげますね」

「そ、んなことしたら、また、やらしい乳首になる……ぅ」

いやいやとかぶりを振ったが、智祐は興奮していた。いやらしいことをされると知ると、腹の奥が悶えるように疼く。

「っ、ふあっ、あっ⁉」

隆弥によって両脚が大きく押し広げられた。彼の舌は下腹部から内腿、そして鼠蹊部(そけいぶ)へと移っていく。しゃぶられるのかもしれない。放置されている肉茎に与えられる刺激を期待して、智祐は腰を震わせた。

「……んあああっ!」

だが彼の舌はそれよりももっと奥、後ろの肉環を舐め上げてきた。失望(しつぼう)と驚きに声が上がる。

舌先はくちゅくちゅと音を立てながら、窄まりを解していった。

「……ひっ、あ、ひ……っ」

尖らせた舌先が中に唾液を押し込んでくる。その度に媚肉が蠢いた。相変わらず股間のものは放置されたままだ。それなのに、後ろを舐められる度に肉茎にも快感が響く。そして先ほど言われたように、そこで絶頂を迎えたばかりの乳首は、指先で撫でるように刺激されていた。

「あああ、んっ……」

「ここ、ヒクヒクしてるぞ」

だって、そんなふうに舐められたら、欲望が膨らんでしまう。

「も、もうっ、いれ、てっ……」

ねだるように腰を突き上げる。苦しそうに張りつめて、そそり立ったものの先端から、愛液が落ちて下腹を濡らした。

「ああ……もう…っ」

「…ったく、おねだり上手になったな」

隆弥は上体を起こすと、自分の猛々しく勃起したものを摑む。その先端が肉環に押し当てられた時、智祐は小さく声を上げた。その先端がずぶり、と中に這入り込む。

「んあ、あ、あ、……っ」

全身が総毛立つような感じがした。隆弥のものはゆっくりと奥まで進んでくる。その度に、ぞくぞくとした快感が止まらない。

「ふああっ…あっ……、あぁ……っ」

貴宮と真尋の指も身体中を這っている。鋭敏な脇の下にくすぐるように指先を這わされ、快楽の嬌声が漏れた。

「あ、あ――――…っ、そこっ……、だめっ…、だめっ」

挿入されながらそんなところを虐められては、おかしくなってしまいそうだった。けれど彼らの愛撫は止まらない。柔らかい肉を嬲るように、優しく指先でくすぐられる。

智祐は仰け反りながら、挿入される感覚をしっかり味わわされた。

「気持ちいいとこも、うんと擦ってやるからな」

そう言って隆弥が動き出す。ずちゅ、という音と共に、感じる媚肉が引き攣れるように擦られた。

「はう、う、ん、あ、アっ！」

腹の中がじん、と熱くなる。躾けられたそこは快楽を拾って、隆弥自身を締めつけた。

「んあ――――…っ」

入り口近くまで引き抜かれ、また奥までずぶずぶと沈められる。その度に身体中が震えてしまった。宙に投げ出された足先が快楽のあまり広がったり、きゅうっと丸まったりしている。

「んっ、っ、く、ふうう……っ」

「気持ちいいか?」

「あ、ひっ、い、いいぃ……っ」

身体が燃えるようだった。身体の内側を擦られて、泣きたくなるような快感が込み上げてくる。実際に智祐は啜り泣いてしまい、全身を火照らせながら愉悦を訴える。

「……っい、あああっ、い、いくっ、いく……っ！」

「やばい。俺も今日あんま保たねえ……！」

「どうしたキング、がんばれよ」

「情けないとこ、智祐さんに見せられねえっしょ」

「うるっせえな……、こいつが凄すぎなんだよ！」

隆弥は智祐の締めつけに負けまいと、半ば本気で責め上げてきた。中の動きなど意識してやっているわけではない智祐は、容赦のない抽送に死にそうに感じてしまう。

「んんあぁっ、あっ、あ、いく…っ、ああ、イく……っ！」

「ぐ……っ」

隆弥が短く呻いたと思うと、内奥に熱い迸りが叩きつけられる。それに道連れにされるように智祐も達した。

「んんん、あぁぁあ……っ！」

びくん、びくんと身体が跳ねる。くらくらするような絶頂の中、乳首を強く摘まれてしまい、立て続けに達してしまう。

「はっ、は……っああ……っ」

「俺は後ろから挿れさせてもらおうかな」

貴宮が智祐をひっくり返し、シーツに這わせた。すっかり蕩けてしまっている後孔に先端が押し当てられ、一気に腰を進められる。

「んくううっ」

挿入の瞬間はどうしても慣れなくて、全身がぞくぞくとわなないてしまうのだ。

「あ、はっ、貴宮さ、……ま、待っ…て……っ、んん、あああ！」

最初の刺激の衝撃がおさまらないまま動かれて、智祐は悲鳴を上げる。苦痛ではなく、快楽が大きすぎてしまうのだ。

「貴宮さんは相変わらず、ドSだよな」

「奴隷飼わなくなっても、そこは変わらないんだ」

「智祐さんがいるのに、必要ないだろう」

貴宮が持っているという嗜虐心を、智祐は知らずに受け止めてしまっている。

「本当に、恐ろしいくらいだよ、この人は……っ」

彼は自分の何が怖いというのか、智祐にはよくわからなかった。けれどいつも自分を助けてくれる彼の望みなら、受け止めてやりたい。何をどうすればいいのかわからないが、智祐はそれだけを思っていた。

「ああ、そ、そんな……っ、おく、まで…えっ」

智祐を責める意図を持ったものが、最奥まで突き上げてくる。当たっている場所をぐりぐりと捏ねられると、意識が吹き飛びそうなほどの快感が込み上げた。

「あんんんんっ」

背中と喉を反らし、がくがくと身体がわななく。

「ん、そろそろイきっぱなしになるか」

「この状態の智祐さん、マジ、エロいっすよね」

隆弥と真尋が何か言っているのが聞こえるが、智祐にはよくわからなかった。頭の中がふわふわして、何も考えられない。彼らの手で身体中を優しく撫でられ、くすぐられて、ただでさえ耐えがたい快感を、よけいに我慢できないものにされていく。

「くう、ひ、ああっ、んあああぁあ……っ」

肉洞の中に、先に隆弥が放ったせいで内奥が濡れ、抽送の度にもの凄く卑猥な音が響いていた。

「や、あ、おと……っ、恥ずかしい、……っ」

「けど、興奮するんでしょう?」

貴宮の言う通りだった。ぐちゅん、ぐちゅん、とそこから卑猥な音が聞こえる毎に、羞恥に思考が沸騰する。

「俺もね、こんなに興奮するのは、あなたぐらいなものですよ……っ」

「っ、ふああんっ！」

どちゅん！　と奥を突かれ、涙に濡れた瞳が見開かれた。そのまま律動を速められ、智祐は身体を支えていることができず、上体を伏せてしまう。乳首は相変わらず挿入していない男達の指でくりくりと撫でられていた。

（いい。身体中、みんな、いい）

「んっあっ、ああああ――――……っ」

「――――っ」

智祐が一際大きな絶頂を迎えた時、きつく締め上げられた貴宮も精を放った。肉洞を濡らされる感覚。もう何度も得た感覚だ。

「あ、あ、出てる……っ」

彼らに中で出されるとこれ以上ないほど興奮した。彼らの欲望を、熱を受け止められたという気持ちになる。

ずるり、と長大なものが抜かれると、智祐の下半身は力を失ったようにシーツに沈み込んだ。

身体中がじんじんと脈打っている。

「智祐さん、俺のも受け入れてくださいね」

真尋が横たわっている智祐の片脚を抱え上げ、下肢を交差させるような体勢になった。

すっかりぐずぐずになってしまった窄まりに、若く猛ったものが押し当てられる。

「挿れていい?」

「う…ん、……っ」

イきすぎてくたくたになっていたが、真尋のものも挿れて欲しくて、そこが物欲しげに収縮した。

「……っん、ア、あぁぁあ……っ」

肉環をこじ開けられる快感に声が震える。以前、誰のものが一番気持ちがいいか聞かれたことがあったが、そんなものは比べられないと思った。全部気持ちいいと答えると、満点の答えだなと褒められたが、彼らはどこか不満そうに見えた。けれどそれが本音(ほんね)なのだから仕方がない。

「ここ、虐められすぎて、ふっくらしちゃってますね」

腹側の泣き所を張り出した部分でごりごりと抉(えぐ)られ、智祐は啼泣(ていきゅう)する。そこは隆弥と貴宮にもたっぷりと擦られて、いやらしく育ってしまっている。

「あ、そこ、そこぉ…っ!」

それでも手加減(てかげん)するつもりのない真尋に、押し潰すように刺激され、何度もイってしまう。

「す、すぐ、イく……っ、こんなの、イくうう……っ!」

智祐は快楽に少しも耐性がない。普通は行為の回数を重ねれば、感度はよくなっていくが耐性はつくものだと言われたが、こんな快楽をどうやって堪えればいいというのだろう。

「ほんと、エロい……！」

真尋の声に切羽詰まったものが滲み、腰使いに余裕がなくなった。

「んっんっ、あっあああっ」

真尋の律動に合わせて、智祐も切羽詰まった声が漏れる。力の入らない指で必死にシーツを掻きむしりながら襲い来る快感に耐えていた。その乳首にはやはりずっと刺激を与えられている。

「うわ、出るっ……！」

「ん、ア！　――――……っあああぁあっ」

肉洞に真尋の精が叩きつけられる。それは隆弥と貴宮のものと混ざり合い、腹の中を満たしていった。強烈な絶頂にひくひくと身体を痙攣させながら、智祐は包み込まれるような多幸感に恍惚となった。


「……んんんっ」

体内からずる、と男根が引き抜かれると、ごぽりと音がして男達の白濁が溢れていった。

「は……っ、は、あ」

激しい気怠（けだる）さが身体を包んでいるが、気分は悪くない。三人分の欲望を受け止めきった智祐を労（いたわ）るように、彼らの手が髪や肩や背中を撫でていく。愛撫とは異なる心地よさに、うっとりと瞼（まぶた）が閉じられた。

「智祐、待たせたな」

「ん……、え？」

ベッドに身体を投げ出す智祐の膝がぐい、と左右に開かれる。

「え？」

濡れた瞳が戸惑いを乗せて隆弥を見つめた。彼は口の端を上げて笑い、智祐の股間のものをそっと摑む。

「ここ、今まで放って置いたろ。後でたっぷりしてやるって約束したしな」

「いっぱい舐めてあげますからね」

「耐久（たいきゅう）フェラ大会か」

何か恐ろしいことを聞かされて、怖（お）じ気（け）づいた腰が逃げるように引かれる。けれどそれは男達によって押さえつけられてしまった。

「や、待てっ…、も、もういいっ、そこはもう、いいから……っ」

「いいわけねえだろ」

「ひぃんっ」

問答無用で口の中に咥えられてしまって、喉から情けない声が出た。そこは確かにそれまで放置されていたが、他の部分への強烈な快感によって何度も吐精している。もう満足しているはずだった。

「あっ……あ、んあ、あ、これ、す、ごいっ……！」

「さんざん我慢させられてから可愛がられると、すごいでしょう？」

貴宮の声に、智祐は答える余裕すらなかった。隆弥の舌で根元からゆっくりと舐め上げられる。裏筋を重点的に刺激されると、足先まで甘く痺れた。

「智祐さん、ここ虐められるのも大好きですもんね。俺達が、そこほっといたままにするわけないでしょ」

「あふあっ…、ああ…あ、こし、がっ……！」

腰が抜ける。さんざん中イキさせられた後に、そんな濃厚な愛撫をされては、後で腰が立たなくなりそうだった。

「腰が抜けるほど、気持ちよくしてやるよ」

隆弥はそう言って、先端部分にぬるりと舌を這わせた。ぱくぱくと苦しそうに開閉を繰り返している蜜口に、舌先を捻じ込む。

「く、ひ――――…っ」

鋭い、脳天まで突き抜けるような快感にあられもない声が漏れた。髪を振り乱して仰け反る智祐に、男達は口づけたり、乳首を転がしたりして宥めるように触れる。

もう充分だと思っていたのに、やはりそこは快感を忘れていただけで、刺激されれば、あっという間に悦んだ。嬲られている蜜口からしとどに愛液を零し、びくびくと震える。

「やあ、ア、だめ、だめ、また、イっ――――！」

次の瞬間、頭の中が真っ白になった。智祐は両脚をがくがくと痙攣させながら、隆弥の口の中に思い切り蜜を吐き出す。

「薄くなったけど、出るじゃねえか」

「あ、う……っ」

顔を上げた隆弥に、智祐は何も言うことができなかった。

「次、俺舐める」

息を整える間もなく、真尋が股間に顔を埋めてくる。れろり、と根元から舐め上げられると、もうダメだった。おまけに隆弥と貴宮が、乳首を舐めてくる。

「はあ、ああ…うう……っ、も、きもち、ぃい……っ」

智祐は感じさせられるまま腰を跳ね上げ、仰け反って喘ぐ。肉茎を強く弱く吸われると、ひいひいと咽び泣いた。

「やっぱりフェラされるの大好きじゃねえか」

「あ、あっ、すき、すき…い……っ」

またしても絶頂に達した後は、今度は貴宮に咥えられてしまう。ちろちろとくすぐるように舐めてくる彼に、智祐は吸ってくれと哀願(あいがん)した。

何度も極めさせられ、本当に腰が立たなくなるほどにしゃぶられ、智祐は随喜(ずいき)の涙に溺(おぼ)れていった。

広い空港の中は、様々な人種のざわめきでごった返している。

「――なんだ、来たのか。いいって言ったのになあ」

「一応ね」

ハワイ行きの飛行機に乗る父を見送るために、智祐は空港を訪れていた。

「次はいつ戻ってくる？」

「さてね。わかんねえな」

だろうと思った。桜介はいつも気まぐれだ。振り回されるのは慣れている。智祐は苦笑して父親に告げた。

「じゃあ、せめて飛行機に乗る前に連絡してくれ」

「善処するわ」

桜介は頷いた。それを言ってしまうと何も言うことがなくなって、智祐は困ったように視線を落とした。桜介も一緒らしく、気まずい沈黙がそこに流れる。

「――ったく、しょうがねえな」

背後に控えていた隆弥が、痺れを切らしたように、そこに割り込んだ。

「こういう時は、いってらっしゃい、元気でね、だろ！」

「あ、ああ」

そうだった、と智祐はハッとした。そんなこと、どうして気がつかなかったんだろう。これまであまりにも親子の会話がなさすぎたのだ。

「いってらっしゃい。……身体に気をつけて」

「おう。お前もな」

桜介はそれから、「店は大変だろうが、あまり頑張りすぎるな」と言った。

「お前ら」

桜介は智祐の側にいる三人にも声をかける。

「こいつのこと、よろしく頼むな。面倒くせえ奴だけど、可愛いだろ？」

「……父さん！」

「もちろん」

「心得ています」

「俺も頑張るっす！」

桜介は頷き、くるりと背を向ける。

「んじゃ、そろそろ行くわ」

「うん。……じゃあ」

桜介は一度も振り返ることなく、検査場の中に消えていった。

「行っちゃいましたねー」

「……最後まで振り回された。誰が面倒くさい奴だ」

「それは本当ですよ」

「えっ」

貴宮の言葉に、智祐は振り返った。

「そうなんですか?」

「自覚がなかったんですか」

「……ないことはなかったけど、でも、改めて言われると傷つくっていうか……」

「そういうとこだっつの」

後ろから隆弥に小突(こづ)かれる。

「でもまあ、面倒くさいところも可愛いですよ」

「そうはいっても、メンヘラ気味(ぎみ)の姫よりはずっとマシだよな」

「あ、それ言えるー」

何やら物騒(ぶっそう)なことを、彼らはさらっと言った。

智祐もオーナーとして店に勤務して、今日まで色々なものを見てきた。その結果、最初の頃のような、女性を食い物にして金儲(かねもう)けをしている人種という印象は消え失せている。そういう

側面がまったくないとは言い切れないが、世の中には清濁(せいだく)がある。そんなことを智祐はこの年になるまで理解しようとしなかった。

(俺も少しは成長したのかな)

そうだといい。この先、自分がどうなっていくのかわからないが、一人ではないのだ。それだけで十二分に心強い。

「俺は、父みたいなオーナーにはなれないかもしれない」

親子とは言え、自分と父はあまりに違いすぎる。智祐は父のようには、きっとできないだろう。

「でも、考えるから、どうしたら店がもっとよくなるか。君達が幸せになれるか」

「店のことは俺達が支えます。だから大丈夫です」

貴宮が言った。

「智祐さんは、俺達と楽しく過ごしましょう」

真尋の言うことは暢気(のんき)だが、だが真理(しんり)だとも言える。自分が健(すこ)やかでなければ、他人のことを考えることはできない。

「ま、あれだ。これからもよろしくな」

少し照れくさそうな笑みを浮かべる隆弥に、智祐は「こちらこそ」と答えた。

「じゃあ、店に行くか」

これから出勤だ。

ハワイ便は夜間なので、今はちょうど夕方だ。広く切り取られた空が橙色に染まっていくのが見える。美しい空だ。これからは俺達の時間だ。

「よし、今日も稼ぐぞ」

「俺も！」

「二人とも成績がいいから、この調子で頑張ってくれ」

貴宮が車のキーを取り出しながら告げる。智祐は小さく笑いながら、その様子を眺めていた。

「いらっしゃいませ。『PRINCESS　GANG』へようこそ」

「ご新規様二名、ご案内です」

「了解です」

二十代とおぼしき二名の女性客を玄関ロビーで迎える。案内をかって出た智祐を見て、女性客達は目を見開いた。

「ご案内します。こちらへどうぞ」

先に立って歩く智祐の後方で、彼女達が密(ひそ)かに熱狂(ねっきょう)している気配がする。「かっこいい」「めっちゃ美人じゃない？」「なんかすごく色っぽい」とか言っているのが聞こえて、智祐は小さく苦笑した。

「こういったお店は初めてですか？」

「そうなんです。何もわからなくてー」

「では、ただいま詳しくご説明する者が来ます」

「っ、あのっ！」

彼女達は食い気味に智祐に声をかけてきた。

「お兄さんは、接客しないんですか？」

こういう時は少し困る。自分が接客してしまうと他のホストの売り上げにならない。初回なので会計は激安になるが、できれば目当てのホストを見つけて帰ってもらいたい。

「私は裏方なので、お相手はできかねるんですよ。でも、また後ほど、ご挨拶に参りますね」

智祐はにこりと笑う。型どおりの対応ではなく、柔軟（じゅうなん）な姿勢も大事。これも学んだことだ。

「はーい、姫達初めましてー！　真尋といいます。よろしくね！　これドリンクメニューと、こっちはホストのメニューー！　でも俺を指名してくれると嬉（うれ）しいな！」

「えっ、男の人のメニューなんてあるの？」

「そうだよ。よりどりみどりだよ！」

真尋がやってきて、軽快（けいかい）なトークでその場を盛り上げてくれる。新規の客を積極的にとりたいのだろう。隆弥を追い抜きたいという彼の意気込みが伝わってくる。

真尋にその場を任せて、智祐は客席を見回した。貴宮がさりげなく場内を回りながら、スタッフに指示を出している。彼はこの店の司令塔（しれいとう）だ。

奥のテーブルでは、誰かがボトルを入れてくれたのだろう。その場にホストが集められ、コールが起こっていた。その中心にいるのはもちろん隆弥だ。この店の頂点に立つ男。

智祐の視線が隆弥と合う。彼は熱い眼差（まなざ）しを送ってきた。智祐は黙って微笑み返す。

（今日もいい夜になりそうだ）

客とホスト達が繰り広げる様々な願望に欲望。それを円滑に回す場を提供するのが、今の智祐の仕事だ。

そして今日が終わると、智祐はまた彼らに抱かれる時間がやってくる。今はそんなことを考えてはいけないと思いながらも、どうしても灯る身体の熱に、智祐は小さく吐息を漏らすのだった。

あとがき

こんちは、西野花です。今回は『雄の花園～オーナーはホスト達に体で愛をわからせられる～』を読んでいただきありがとうございました。職業がホストのキャラはこれまで何人か書いたことはあるのですが、舞台がホストクラブというのは初めてだったので、ちょっと調べたりしました。最近はホストのタイプも色々で、韓流アイドルみたいな人が台頭してきているのですね。でもオレ様系もまだ強かったりする印象ですがどうなんでしょうか。以前、ホストクラブじゃなくてメンズパブみたいなところに行ったことはあるんですが、みんな白シャツ着てて清潔感ある感じでしたね。

今回も挿画の國沢智先生、ありがとうございました。國沢先生とは複数の話が多いのですが、いつも構図が被らないので毎回凄いなーと思っております。そして萌える…！

担当様も毎回ありがとうございました。いつも申し訳なくて頭が上がらないです。

あたたかくなってきて、ワクチンも打ったことですし、旅行にでも行きたいですね。ここ一年くらい金沢に行きたい！　と思っているのですが、原稿が終わらなくてなかなかゆっくり行けません。がんばります。では、またお会いできましたら。

西野　花

【Twitter ID　hana_nishino】

雄の花園
～オーナーはホスト達に体で愛をわからせられる～

ラヴァーズ文庫をお買い上げいただき
ありがとうございます。
この作品を読んでのご意見・ご感想を
お聞かせください。
あて先は下記の通りです。

〒102－0075
東京都千代田区三番町8-1
三番町東急ビル6F
(株)竹書房 ラヴァーズ文庫編集部
西野 花先生係
國沢 智先生係

2022年5月7日
初版第1刷発行

●著 者
西野 花 ©HANA NISHINO
●イラスト
國沢 智 ©TOMO KUNISAWA

●発行者 後藤明信
●発行所 株式会社 竹書房
〒102－0075
東京都千代田区三番町8-1 三番町東急ビル6F
代表 email： info@takeshobo.co.jp
編集部 email： lovers-b@takeshobo.co.jp
●ホームページ
http://bl.takeshobo.co.jp/

●印刷所 中央精版印刷株式会社